COLLECTION SÉRIE NOIRE
Créée par Marcel Duhamel

Parutions du mois

2485. LA VIE EN SPIRALE
(ABASSE NDIONE)

2486. SORCELLERIE À BOUT PORTANT
(ACHILLE F. NGOYE)

2487. AVIS DÉCHÉANCE
(MOULOUD AKKOUCHE)

2488. UN BAISER SANS MOUSTACHE
(CATHERINE SIMON)

CATHERINE SIMON

Un baiser sans moustache

nrf

GALLIMARD

CHAPITRE I

Elle avait pris la balle en plein cœur, juste au moment où elle allait quitter le coin des poissonniers. Le marché couvert grouillait de monde, d'hommes surtout, déambulant avec lenteur parmi les senteurs de menthe fraîche, l'odeur fade des quartiers de viande, le parfum lumineux des épices. Elle était tombée sans même pousser un cri. Sous la haute voûte de béton, les bruits se mélangeaient en une seule clameur, épaisse et indécise. Personne n'avait entendu la détonation. Le regard stupéfait, elle s'était écroulée, entraînant dans sa chute un cageot de sardines. Tuée net, comme on souffle une allumette.

Elle n'avait pas souffert, se répéta Alya. Assise au fond de l'avion, la jeune fille, une petite brune au visage dur, se laissa aller contre le siège et ferma un instant les yeux. Les séquences du meurtre défilaient dans sa tête. Des images étrangement précises. Elle inventait, bien sûr. Elle essayait d'imaginer. Depuis qu'elle avait appris la nouvelle, c'était plus fort qu'elle. En gros plan, le corps de sa mère étendu sur le sol, au milieu des déchets de poissons et des rigoles d'eau sale. Le couffin renversé, les nèfles et les oignons qui roulent partout. La tache sur la gabardine, qui s'élargit de plus en plus, noire et poisseuse comme du sirop de mûres.

Soudain, une vieille avait hurlé. Un frisson de panique avait parcouru le grand hall. Les gens s'étaient mis à crier, à courir en tous sens. Alya renifla. Elle avait la gorge serrée. « Maman », murmura-t-elle sans s'en apercevoir. Sur le siège d'à côté, son voisin gardait les yeux fixés vers le hublot, sans cesser d'égrener son chapelet en ivoire. L'avion survolait l'étang de Berre.

Comment il s'appelait déjà, le marchand de poissons ? Chaque fois qu'Alya venait en vacances à Alger, elle accompagnait sa mère au grand marché du Premier Mai. Plaisir rituel. Le vieux comment, déjà ? Il tenait le stand du fond, juste à côté du vendeur de cartes postales anciennes. Le vieux Belhassen, c'est ça ! Alya fourragea dans son sac. Se moucha. Elle avait les yeux bouffis, l'air un peu hébété. Son voisin détourna la tête, tripotant ses graines du Bon Dieu avec une vélocité redoublée. Encore trois quarts d'heure avant que l'avion se pose à Alger.

Au téléphone, hier soir, la tante Badia ne lui avait pas dit grand-chose. Elle avait commencé à parler d'un « malheur affreux », puis avait lâché : « ta mère a été tuée », et, entre deux sanglots, elle avait fini par raconter que le meurtre avait eu lieu au marché, « un terroriste, un fou qui a tiré ». Après ça, la ligne avait été coupée. Impossible de rétablir la communication. Téléphone arabe, je t'en foutrais ! Alya eut un début de fou rire nerveux. Sur le siège voisin, le toquard au chapelet lui jetait des regards par en dessous. Mais pourquoi l'avoir tuée, elle ?

Du désordre de son sac, Alya extirpa une vieille carte postale, la dernière que sa mère lui avait envoyée. Du pur kitsch colonial. Elle avait dû la dégotter chez le vendeur du Premier-Mai. C'était signé « ta mère qui pense à toi très fort et toute la famille qui t'embrasse ». La photo, aux couleurs retouchées, représentait une carte routière du nord de l'Algérie, à l'époque des Français. Quand Chlef s'appelait Orléansville. Et qu'on parlait des « événements » pour cacher le bruit de la guerre. Sur les bords de la carte, en guise d'illustration, il y avait, en tout petit, des vues de plusieurs villes : Blida et son kiosque à musique, Médéa et son église, l'inévitable Tombeau de la chrétienne, le port d'Alger surplombé de palmiers. « Un terroriste qui a tiré. » Alya sentit une grosse boule dans sa gorge. Elle se mit à pleurer sans s'en apercevoir. Elle avait ressenti le même vertige de douleur, quand elle avait appris la mort de sa cousine Ghania. Une mort atroce. Le ou les assassins devaient être cinglé(s). Mais pourquoi sa mère s'était-elle entêtée à rester dans ce pays malade, bourré jusqu'à la gueule de couteaux et de flingues ?

La dernière fois qu'Alya lui avait posé la question, sa mère avait haussé les épaules. « À mon âge, qu'est-ce que je ferais en France ? Et puis, je ne peux pas laisser ton père ! » Alya n'avait su quoi répondre. Bien sûr, pour les papiers, il n'y avait pas de problème. Depuis 25 ans qu'elle vivait en Algérie, sa mère avait toujours veillé, dès que la date de péremption approchait, à faire renouveler son passeport français. « Ici, personne n'oublie que je m'appelle Yolande, moi la dernière », avait-elle lancé un jour. « D'être l'épouse d'un Algérien, ça ne change rien : dans ton dos, les gens disent toujours "la fafa" — la Française ! C'est comme pour toi. Tu vois bien le mal que tu as eu pour trouver ton appartement à Villeurbanne. J'aurais mieux fait de ne pas écouter ton père, tiens ! et de t'appeler Martine. » Elles avaient ri.

Pour le boulot, Alya aurait peut-être pu lui avoir un poste de bibliothécaire. C'était son premier métier, après tout. Au pire, sa mère aurait pu bosser au noir, en donnant des cours de français à domicile. Comme elle faisait à El Biar, malgré les hurlements du père. Ah purée, celui-là ! Si on n'avait pas tenu bon, jamais il n'aurait laissé sa femme travailler, ni sa fille partir en France pour finir ses études. Alya eut un hoquet brutal. Une nouvelle vague de larmes lui brûlait les yeux.

Pour la centième fois, elle regarda passer sous ses paupières les images de l'attentat. Des images de cauchemar, qu'elle ruminait inlassablement, changeant chaque fois la mise en scène. Elle savait si peu de choses ! Sa mère avait peut-être été tuée dehors, à l'entrée du marché, près des vieux paysans, accroupis à côté de leurs paniers d'œufs ? Ou bien dans un des étages du parking ? « Ceinture ! » Alya leva la tête. L'hôtesse d'Air Algérie la regardait, exaspérée, aussi aimable qu'une porte de Serkadji. En soupirant, Alya attacha sa ceinture. L'avion amorçait lentement sa descente sur l'aéroport Houari Boumediene. Le voisin avait rangé son chapelet dans son attaché-case.

Le hall des arrivées fourmillait, comme d'habitude, de flicaille en tout genre. Mouchards en civil, policiers en uniforme, faux employés de l'aéroport, vrais rabatteurs de la S.M. (Sécurité militaire) : c'est tout juste si les voyageurs avaient la place de passer, avec leurs chariots couinants, surchargés de valises, de cartons, de sacs à carreaux roses ou bleus. Depuis l'attentat à la bombe d'août 1992, le plafond avait été refait à neuf. Et depuis la prise d'otages de l'Airbus d'Air France, en décembre 1994, les passagers circulaient entre des palissades métalliques. En revanche, devant l'aéroport, la fontaine en ciment qui orne l'esplanade n'avait pas changé d'un iota. Une paire de palmiers faméliques se penchaient vers le bassin, guettant l'improbable jet d'eau. Alya se dirigea vers la file des taxis.

*

C'est à l'odeur qu'on reconnaît le quartier d'El Harrach. Le *taxieur* eut beau fermer sa vitre, la puanteur de la décharge qui borde la cité était si forte, que toute la voiture en fut aussitôt imprégnée. Il parait qu'à l'époque coloniale, l'oued El Harrach sentait déjà mauvais. Alya fit la grimace. De l'autre côté de l'autoroute, la mer se fendait d'un long sourire sans joie. Le taxi filait à toute allure, ralentissant à peine au passage des contrôles militaires. Plantés à l'ombre des blindés, de jeunes soldats montaient la garde, fusil pointé. Plus loin, un groupe de policiers en uniforme bleu marine fouillaient le coffre d'une estafette. Béton, poussière, bretelles de bitume s'élevant en boucles au-dessus d'Hussein Dey. Au loin, très loin, la baie d'Alger. Alya ferma les yeux. La vieille assise à côté d'elle rajustait son *haïk*.

— Entre, ma fille, entre vite, dit la tante Badia.

Le salon était plongé dans la pénombre. On avait tiré les rideaux, ne laissant filtrer dans la pièce qu'un mince rayon de soleil. Alya reconnut deux de ses cousines, assises, genoux serrés, à un bout du canapé. L'oncle Ahmed aussi était venu. Debout, près de la fenêtre, il mordillait sa moustache en regardant fixement le plancher. Près de lui, un grand gamin dégingandé, le visage pâle et les mâchoires serrées, se tenait immobile. C'était l'un de ses cousins d'Oran, l'un des fils de l'oncle Omar. Alya mit quelques secondes à reconnaître son cousin Tahar, tant il avait maigri. La mort de sa sœur, se dit Alya. Sur la toile cirée qui recouvrait la table, des mouches se relayaient autour des verres de thé. La tante Badia sanglotait, triturant son mouchoir. C'était une grande femme, aux allures paysannes, osseuse et maladroite. « La taloche facile, mais un cœur d'artichaut », disait la mère d'Alya.

— Ton père est là, murmura la vieille tante, en esquissant un geste vers le fond du salon.

— Tu sais, ajouta-t-elle, il faut qu'on te dise...

Elle n'acheva pas sa phrase. Alya, du regard, faisait le tour de la pièce. Tassé dans un fauteuil, les épaules voûtées, la lippe maussade sous la moustache grise, le père ne bougeait pas. Hassan Benabdallah semblait frappé de paralysie. Le col de sa chemise était trop serré, boudinant la chair flasque du cou. Alya remarqua aussi la cravate. Neuve, mais nouée de travers. S'habiller, ça n'a jamais été son truc, s'agaça-t-elle machinalement. Lui ne remarquait rien. À l'arrivée d'Alya, il n'avait pas levé les yeux.

— Que vous me disiez quoi ? reprit Alya, réalisant soudain que sa tante lui avait adressé la parole.

Un grand silence lui fit écho. Tous la regardaient sans bouger, fermés comme des huîtres, mous comme des chamallows. « Clique d'invertébrés ! », pesta intérieurement Alya. La porte de la chambre voisine était restée entrebâillée. La tante Badia laissa échapper un faible croassement. « C'est fou ce qu'elle peut ressembler à Bernadette Chirac dans les Guignols », pensa distraitement la jeune femme, en regardant sa tante s'éponger la figure, puis serrer son mouchoir sur son ventre comme s'il risquait de s'envoler.

La chambre était encore plus sombre que le salon. Il y flottait une odeur grise, douceâtre, une odeur de gâteau moisi. Le cadavre reposait sur le lit, un drap de toile blanche le recouvrant jusqu'au menton. Alya se sentit lasse soudain. Elle s'approcha lentement, avec l'impression d'avancer dans un mauvais rêve. La morte avait le visage lisse, la peau cireuse déjà. On avait relevé en chignon son épaisse chevelure. Une chevelure roussie au henné. Le cœur d'Alya s'était arrêté de battre. Un sourd mugissement lui montait de la poitrine. Cette femme n'était pas sa mère.

— Ma chérie, calme-toi !

D'un geste violent, Alya repoussa la tante Badia qui partit valdinguer sur les genoux des cousines. Le canapé accusa le coup. C'était un canapé égyptien. Les cousines, moins résistantes, se mirent à piailler comme des mouettes surprises par un raid de B 52. Hassan Benabdallah s'était levé d'un bond. Le visage cramoisi, il traversa le salon à grands pas, la cravate agitée par l'orage.

— Qui est cette femme ? Où est ma mère ? Qu'est-ce que c'est que ce cirque à la con ? hurlait Alya, en gesticulant au milieu de la pièce.

— Arrête de brailler comme ça. Tu es chez moi, ici ! rugit le père, le poing menaçant.

La colère l'avait transfiguré.

— Ta mère est partie, ajouta-t-il très vite. On ne sait pas où elle est.

— Mais ça ne va pas la tête ! Hier soir, vous me téléphonez, tante Badia me dit que maman est morte, je prends l'avion, j'arrive...

— Je te dis de te taire ! cria le père.

— ... je trouve un cadavre, je ne sais même pas de qui, et toi tu me dis maintenant que maman est partie... Ça veut dire quoi, « partie » ? Vous êtes complètement dingues !

— Mais tu vas finir par te taire, oui ou non ? Ta mère a disparu.

À ces mots, Alya s'immobilisa. Le père parlait à présent d'une voix lente et rauque.

— Ça s'est passé il y a moins de deux semaines, à

Oran, un jour où on était allés rendre visite à ton oncle Omar. Elle a dit qu'elle allait chez la couturière, et on ne l'a plus revue. On a cherché partout, on a ratissé toute la ville. C'est Omar qui m'a convaincu de retourner à Alger. Ça ne servait plus à rien de rester.

— Vous avez prévenu la police ? demanda Alya.

Le père hocha la tête.

— On est allés au commissariat. Ils ont dit qu'il fallait faire la disposition, et ils m'ont fait signer. Depuis ça, rien du tout, *oualou* ! Pour le consulat, j'ai écrit une lettre. Badia l'a apportée. Quatre heures de queue avant d'arriver au guichet, elle a mis ! Ils n'ont même pas répondu.

Avec un lourd soupir, Hassan Benabdallah était retourné s'asseoir. Les coudes sur la table, le menton dans les mains, il fixait la théière et le plateau de cuivre d'un œil morne. Le récit l'avait épuisé, comme s'il venait lui-même de faire le siège, pendant des heures, du consulat de France. Alya le regarda, intriguée.

— Mais pourquoi est-ce que tante Badia m'a dit... Pourquoi elle m'a parlé d'un attentat ? lâcha la jeune femme.

— Avec tout ce qui se passe, hasarda l'oncle Ahmed, les gens deviennent mabouls. Surtout les vieilles ! Elles comprennent rien, elles mélangent tout ! siffla-t-il, en lançant à sa femme un regard venimeux.

Le bruit d'une sirène de police monta de la rue. Alya sursauta. Le long hululement décrut, puis s'éteignit. Le reste de la famille n'avait pas bougé.

La tante Badia était à présent secouée de hoquets silencieux. Alya se tourna vers son oncle.

— Mais la morte, là, dans la chambre, c'est qui alors ? insista-t-elle.

L'oncle eut une moue embarrassée. Le père se mit à souffler bruyamment, tandis que les cousines, la mine terrorisée, louchaient vers leurs sandales. Le portrait de la Joconde, accroché au-dessus du poste de télé, suivait la scène de son sourire benêt.

Finalement, la tante Badia s'était levée. Elle tordait toujours son mouchoir dans ses mains, mais elle avait l'œil sec. Son regard était inhabituellement dur. Sa voix ne tremblait plus.

— Moi, je vais te le dire. Cette femme, c'est la première épouse de ton père. Elle s'appelait Fatima. Même ta mère n'était pas au courant. Ton père n'avait pas vingt ans quand il l'a mariée. Elle, elle venait d'avoir quinze ans. Quand ton père est venu chercher du travail à Alger, elle est restée au village, dans la montagne. Il l'a fait sortir de son trou, seulement après l'histoire d'Oran, quand il s'est retrouvé tout seul. La pauvre ! Elle venait d'arriver à Alger. Elle s'est fait tuer pendant qu'elle était au marché, du Premier Mai. Personne ne voulait te prévenir. Ni pour elle, ni pour ta mère. Soit disant que c'était t'inquiéter pour rien. Comme si ta mère allait réapparaître, comme si les choses allaient revenir comme avant, comme si ce n'était pas déjà trop tard ! s'exclama la tante Badia.

Elle s'arrêta une seconde, pour reprendre son souffle.

— Alors j'ai décidé de te téléphoner. J'ai pris sur

moi. Peut-être bien que je suis fatiguée, peut-être bien que mes mots se sont mélangés, Dieu me pardonne ! mais il fallait bien t'avertir !

Pendant qu'elle parlait, une nouvelle sirène de police retentit dans la rue. La vieille n'y prit pas garde.

— Les vrais mabouls, ma fille, ce sont ceux qui regardent la guerre en sirotant leur thé, comme si de rien n'était !

Sa voix montait crescendo, vibrante de colère.

— Des mauviettes, des zéros, prêts à s'arranger avec tout le monde, pourvu qu'on les laisse à leurs petites affaires ! glapissait à présent la vieille tante.

— On vole leurs femmes, on les tue sous leur nez, et eux, ils restent plantés là, avachis comme des sacs de semoule ! ajouta-t-elle, avec un rictus de dégoût.

Ma parole ! elle a pété les plombs ! se dit Alya, médusée. La tante Badia, tout en cherchant une nouvelle provision d'insultes, défiait du regard les mâles de la famille. Prise d'une subite inspiration, elle cracha dans leur direction. Alya n'attendit pas la suite. Elle en avait soupé de cette maison de fous. Elle avait besoin d'air, de calme. Une seule personne pouvait l'aider. Ramassant son sac au passage, Alya quitta l'appartement, en faisant claquer la porte derrière elle.

CHAPITRE II

Un sourire goguenard éclairait son visage. C'était un spécimen, une belle gueule de caïd à la mâchoire épaisse, dorée aux UVA. Super Max s'approcha lentement de sa victime. D'un coup de santiag nonchalant, il retourna le corps lové sur le sol du parking. Puis il sortit son cran d'arrêt. Affalé par terre, le gros rouquin au menton barbouillé de sang poussa un couinement de terreur.

— Regarde-le, ce pédé ! Putain de sa mère, t'y as vu comme il fait dans son froc ? Crève-le ! Crève-le ! cria une voix dans la salle, soulevant une salve de rires hystériques.

Assis à l'avant-dernier rang du cinéma, Hakim, les yeux mi-clos, poussa un soupir de bien-être. L'endroit était miteux, avec ses fauteuils sales et ses relents de vestiaire. Sans parler de l'écran, à peine plus large qu'un poste de télé ! Mais il s'y trouvait bien. Ici, c'était chez lui. Ils étaient entre mecs. Personne ne disait rien si un type allumait un pétard ou s'enfilait une canette de bière. Interdit aux vieux, aux chiens et aux gonzesses ! Hakim se marra tout seul. Il planait.

Ça avait été une super bonne journée. Tout s'était passé comme prévu, et même mieux que prévu. Un carton de première. Facile, en plus ! C'est vrai qu'à l'armée, Hakim était déjà le meilleur tireur de tout le bataillon. Le colonel Boualem ne s'y était pas trompé. Sauf que maintenant, on ne le payait plus avec du rab de semoule ! Avant la fin du film, il aurait 25 000 dinars en poche. Hakim se rengorgea. Sur l'écran vidéo, le cadavre de Super Max, troué comme une passoire, venait de rejoindre celui du gros rouquin. Assis à l'arrière d'une Cadillac, le chef des Chicago's, un grand baraqué hyper smart, portant des lunettes noires et une mince cicatrice au-dessus du sourcil gauche, ordonnait à ses troupes de lever le camp avant que la police fédérale n'arrive.

— Cacahuètes ? souffla soudain une voix inconnue à l'oreille de Hakim.

C'était le signal attendu. Un froissement de papier accompagna l'invite. Hakim, sans répondre, plongea la main dans le sac. Sous le paquet de cacahuètes, il sentit les liasses de billets. Le tout, contenu dans un plastique noir ordinaire, ne pesait pas plus de trois cents grammes.

L'inconnu avait disparu. Le sac plastique sur les genoux, Hakim décortiqua une cacahuète et la mangea tranquillement. Les billets étaient à l'abri, glissés dans les poches intérieures de son blouson. Celui qu'on appelait « le Rouget » payait toujours rubis sur l'ongle. Pour Hakim, c'est tout ce qui comptait.

Avec le temps, le jeune tueur à gages avait appris à ne pas poser de questions, à ne pas marchander les contrats. Certaines cibles rapportaient plus que d'autres. Pour la femme de ce matin, par exemple, il n'avait pas touché grand-chose. Hakim ne s'en offusquait pas. Dans son job, il fallait accepter de jouer tous les rôles, les petits comme les grands. L'important, c'était de ne pas quitter la scène. Et de savoir placer son fric. Pour un gars de vingt-trois ans, débrouillard comme Hakim, la poursuite de la guerre était une vraie aubaine. Depuis six ans que ça durait, il avait amassé un joli magot — moitié en devises, moitié en armes. Le jeune homme eut un sourire fat.

Une blonde vertigineuse, à peine vêtue d'une minijupe en cuir rouge, venait d'apparaître sur l'écran. Posant son verre de whisky sur le bar, le chef des Chicago's congédia ses sbires d'un claquement de doigts, tandis que la créature ondulante s'approchait lentement de lui. La salle explosa en hurlements obscènes.

— Montre-lui à cette salope ! Nique-la à mort ! cria un jeune, au premier rang.

Un concert de « nique-la » et autres « zabor » enthousiastes lui fit écho.

Dans le noir, Hakim sentit une main se poser sur sa cuisse. D'abord, il eut un mouvement de recul. Une demi-seconde, à peine. Puis il cèda. Si ça l'amusait, cette pédale ! Pourquoi se priver d'une petite gâterie ? Bercé par les cris de la salle, le regard fixé sur l'écran, Hakim laissa la grosse main anonyme à sa petite corvée biteuse. Après tout, il avait le temps. Et les billets ne craignaient rien.

En sortant, il passerait du côté du marché Clauzel. Un pote de son quartier, reconverti dans le trabendo, l'avait prévenu d'un nouvel arrivage de foulards Hermès. Des faux de toute beauté. Il achèterait le grand carré rouge et or, qu'il avait repéré hier soir. Sa mère adorait les foulards de luxe. Et Hakim adorait sa mère.

Il poussa un « han » de plaisir. « Trop vite », soupira-t-il. Depuis qu'il était gosse, c'était toujours comme ça. Un peu déçue, la main s'était éclipsée incognito. Quand les lumières se rallumèrent, les fauteuils voisins étaient vides. Hakim quitta la salle avec le gros des spectateurs. Après le film d'action américain, il y avait un kung-fu, mais ça ne lui disait rien. Son blouson de cuir noir soigneusement fermé, il s'éloigna d'un pas rapide, remontant vers la rue Didouche.

CHAPITRE III

— Et maintenant, on y va ! s'exclama Emna Aït Saada, dont la silhouette éléphantesque, dressée à l'avant de la 4L, oscilla sous l'effort.

À l'arrière de la voiture, arc-boutés contre le coffre, Alya et Taoufik se mirent à pousser de concert. La vieille Renault, dont la carrosserie bleu ciel s'ornait d'éraflures antédiluviennes, eut un brusque hoquet.

— C'est bon, montez ! hurla la conductrice, en faisant ronfler le moteur.

Ses deux compagnons sautèrent d'un bond à l'intérieur. La voiture dévala joyeusement le boulevard du Télemly.

Ils s'étaient donné rendez-vous à six heures de l'après-midi, sur les hauteurs d'Alger, devant une boulangerie-pizzeria que tous trois connaissaient. Il était convenu qu'Emna vienne avec sa voiture et les emmène dîner chez elle.

— On sera tranquille pour discuter, les gosses sont en vacances, avait-elle dit au téléphone.

Taoufik et Alya avaient aussitôt accepté. Géologue de renom, le docteur Emna Aït Saada s'était taillé au fil des ans une réputation internationale, tant pour la qualité de ses travaux scientifiques que pour son phénoménal embonpoint. Dans les amphis de l'université de Bab Ezzouar, où elle enseignait quelques heures par mois, on l'avait surnommée « le Bassin méditerranéen ». Emna s'en fichait comme d'une guigne. « L'avenir est à ceux qui se lèvent gros », avait-elle un jour imposé, comme sujet de dissertation, à une classe d'étudiants de sciences naturelles, particulièrement insolents.

Cela faisait maintenant deux ans qu'Emna Aït Saada vivait seule avec ses deux enfants dans un appartement moderne, situé dans un lotissement « neuf » des faubourgs de Kouba : il y avait de l'eau tous les trois jours (on en remplissait la baignoire) et même le téléphone ; en revanche, la cour et les chemins d'accès attendaient toujours leur revêtement de bitume. C'est par sa fille aînée, à qui Yolande Benabdallah donnait des cours de français, que le docteur Emna Aït Saada avait connu la mère d'Alya. Les deux femmes s'étaient vite liées d'amitié.

Taoufik était arrivé au rendez-vous le premier. Plutôt que d'attendre devant la boulangerie, il y était entré et avait acheté une énorme margarita. Il avait tout de suite repéré Alya qui traversait la rue, petite et vive, habillée d'un vieux jean élimé et d'une veste en cuir noir. Il n'avait pas osé lui parler de sa mère. Et moins encore de ses propres ennuis. Ils se saluèrent un peu gauchement. L'absence de Yolande les laissait désarmés. C'est elle qui organisait, quand Alya venait en vacances, toutes les sorties en bande, les pique-niques à la plage, près de Sidi Ferruch, et les longues soirées où toute la tribu et les potes bambochaient jusqu'à 2 h ou 3 h du matin. Tout cela était si loin !

— Pas la peine de s'affoler, elle a toujours un quart d'heure de retard, lança Taoufik, qui connaissait Emna depuis qu'ils étaient étudiants.

Cela faisait cinq minutes qu'Alya et lui piétinaient, plantés devant la vitrine du magasin. Une queue s'était formée sur le trottoir, les clients du quartier venaient chercher le pain de la dernière fournée. Alya soupira avec impatience. « On voit bien qu'elle ne vit pas ici », se dit Taoufik. Son visage s'assombrit. Savait-elle que la plupart des femmes données comme « disparues » finissaient égorgées, après avoir été enlevées et violées par des gangs armés — maquisards islamistes ou voyous sans drapeau, si tant est que l'on puisse encore faire une différence ?

Large d'épaules, le visage barré d'une courte moustache, Taoufik Benslimane avait un physique banal de Méditerranéen. À Madrid, on le prenait pour un Andalou ; à Paris pour un Marseillais ; à Alger pour un rugbyman. Son caractère bourru lui avait valu le surnom de « Docker ». Amateur de Garcia Lorca, de Kateb Yacine et du théâtre d'Abdelkader Alloula, ce polyglotte taciturne avait collaboré, pendant plus de quinze ans, à la rubrique culturelle d'*Algérie Actualités*. En 1990, il avait rejoint les rangs de la presse privée à laquelle le gouvernement venait de donner le feu vert. Certains de ses collègues, gratte-papier zélés à l'époque du parti unique, se posaient à présent en gardiens tatillons de la démocratie. D'autres, plus sournois, donnaient raison à l'opposition islamiste, la seule, juraient-ils en privé, qui soit capable de « foutre en l'air le régime ! » Déçu par les uns, écœuré par les autres, Taoufik avait jeté l'éponge. Il avait réussi à se faire embaucher comme correspondant local d'une radio étrangère.

Le travail qu'on lui demandait était à peu près propre et il n'avait pas de chef sur le dos. Évidemment, il fallait respecter la censure. Mais il n'avait pas à obéir aux diktats des clans au pouvoir, à diffuser de fausses informations ou à jouer les courtisans auprès des apparatchiks du régime. Au total, Taoufik s'en tirait plutôt bien. Il faisait son job sans se plaindre, peinard ou presque, malgré les attentats et l'absence de sa famille, partie se réfugier à Tunis « en attendant que les choses se calment ».

Presque peinard, oui, jusqu'à ce maudit dimanche d'avril, où un gradé du ministère de l'Intérieur lui avait annoncé que son accréditation ne serait pas renouvelée. Du balai, « le Docker » ! Circulez, dégagez, y a rien à voir ! Le grand étripage à l'algérienne devait se poursuivre à huis clos. La direction de la radio avait accepté, sans broncher, les services du nouveau correspondant algérois dont le nom lui avait été suggéré par un des sbires du ministère. C'est depuis ce jour-là que Taoufik s'était mis à boire.

Barricadé chez lui, une bouteille de Mascara dans une main, un recueil de Mahmoud Darwich dans l'autre, il avait choisi de se noircir, avec constance et méthode. Au début, par un reste d'habitude, il regardait un peu la télé. Les chaînes françaises le faisaient rire. Surtout Monique Tayaut, la journaliste de la 12. C'était à peu près la seule Française, avec Auguste Lamari de la Brosse, à qui l'armée algérienne accordait encore un visa de presse. Avec ces deux clones, le régime pouvait pourrir tranquille ! Personne ne saurait rien, ni du napalm, ni des tortures, ni des arrangements en coulisse avec les notables islamistes et les rentiers de la République. Un soir, Taoufik fut pris d'un tel fou rire qu'il trébucha. En voulant se rattraper, il envoya valser sa bouteille contre l'écran de la télé. C'est ainsi qu'avait été coupé le dernier pont le reliant aux mirages de l'actualité.

Taoufik avait tenu comme ça un mois entier. Sans rire, sans voir personne, pataugeant jusqu'à la nausée dans les vieux livres et la vinasse. « Je fais ma cure de sommeil », bafouillait-il quand il se croisait dans la glace. C'est le marchand de *gazouze* qui avait forcé Taoufik à changer de régime. Bien involontairement, il est vrai. Le commerçant avait été retrouvé, un matin, décapité dans sa boutique.

— À quoi tu penses ? T'as l'air tout drôle, venait de remarquer Alya.

— À rien, s'excusa Taoufik. Tiens, ça y est, je vois Emna qui arrive ! s'écria-t-il soulagé. Sa bagnole a dû tomber en rade.

— Dis donc, tu as vu les trois jeunes, là, sur le trottoir d'en face ? Ça fait une demi-heure qu'ils nous matent, dit Alya, tout en se précipitant vers Emna.

Cette dernière avançait à leur rencontre, en agitant les bras comme des sémaphores.

— Tu sais, des mecs qui passent leur temps à glander en regardant les gens dans la rue, il y en a plein Alger, c'est même une spécialité nationale, les *hittistes* ! répondit Taoufik.

Mais Alya ne l'écoutait plus. Emna l'avait prise dans ses bras et l'embrassait à l'étouffer.

— Ma voiture est à côté, il va juste falloir qu'on pousse un peu pour la faire démarrer, avait-elle expliqué, en indiquant la vieille 4L garée en contrebas.

*

De l'autre côté de la rue, les trois jeunes avaient quitté leur poste d'observation et descendaient lentement l'avenue encombrée de voitures klaxonnantes. Le plus âgé ne semblait pas avoir plus de vingt-sept ou vingt-huit ans. Mince, musclé, il avait les cheveux coupés court, des lunettes de soleil, et portait une minuscule boucle d'oreille en or. Les deux autres avaient encore l'allure d'adolescents. Ils étaient habillés de joggings et de sweat-shirts trop larges.

— Tu me files ton paquets de sèches ? Je risque de poireauter un max..., dit l'un des mômes, s'adressant au type à la boucle.

— Tu as vérifié que tu avais assez d'essence dans

ta bécane ? répondit l'autre, en tirant de sa poche un paquet de Rim entamé.

— Pas de problème, chef ! Ils peuvent rouler jusqu'à Blida si ça leur plaît, j'ai de quoi tenir.

— Grouille-toi, Mustapha. Ils ont fait démarrer leur caisse, s'écria le troisième, en désignant d'un mouvement de tête la 4L bleu ciel qui pétaradait à une centaine de mètres de là.

— Allez file, on se retrouve demain, comme on a dit ! lança le type à la boucle, tandis que Mustapha enfourchait rapidement son engin. Et tu ne t'endors pas au pied de l'immeuble, hein !

— OK, t'inquiète ! marmonna le jeune marlou.

Il fit mugir sa bécane et se glissa dans le flot de la circulation.

Les deux autres le regardèrent partir. Avec les embouteillages qui ralentissaient le trafic, il n'aurait aucun mal à suivre la vieille 4L. Surtout une 4L bleu ciel.

— Bon, ben j'y vais aussi. Si je rentre trop tard, le vieux va m'attendre avec la ceinture ! s'excusa le petit, avec un rire forcé.

Le jeune homme à la boucle le toisa, impassible. Son regard était froid comme celui d'un serpent.

— Eh bien, rentres ! dit-il durement. Mais t'oublies pas de tenir ta langue, hein, Khaïs ? Sinon... Tu connais le tarif.

— Il n'y a pas de danger, répondit vivement le gamin.

Mais le grand ne l'écoutait plus. Il s'éloignait, les poings serrés dans les poches du blouson, sa petite boucle d'or accrochant, par intermittence, des reflets de soleil.

— Salut, Hakim ! murmura Khaïs, avant de rebrousser chemin à son tour.

*

— La seule chose dont on soit sûr, c'est qu'elle est vivante. Ou du moins, qu'elle l'était il y a huit jours, puisque sa lettre est datée d'il y a une semaine. À part ça, on pédale dans la semoule — c'est le cas de le dire ! soupira Alya, d'une voix où pointait le découragement.

Emna Aït Saada jeta un regard nostalgique vers le plat de makrouds, essuya soigneusement ses lèvres avec une serviette en papier et lâcha, comme à regret, un léger rot.

— *Saha*, commenta machinalement Taoufik.

— Je crois avoir une idée, dit la Géante en repoussant son assiette.

Elle fit un second rot, extrêmement sonore celui-là, et gratifia ses deux invités d'un sourire facétieux. Alya et Taoufik l'observaient avec attention. Elle se leva pesamment de table et se dirigea vers le bureau, installé au fond du salon.

La pièce était sommairement meublée, mais avec goût. Un tapis de Bou-Saada, à dominante vert amande et ocre, recouvrait le carrelage. Des rayonnages de livres mangeaient deux murs entiers. Une paire de bracelets anciens en argent et un pot en terre peint, de facture kabyle, reposaient dans un coin, près d'un grand vase rempli de roses. Dédaignant le canapé bas — un long coussin de velours sombre, posé par terre et épousant l'angle du mur —, Emna Aït Saada s'était laissée tomber dans un énorme fauteuil club.

La lettre qu'elle avait reçue deux jours auparavant, portait le cachet de la poste d'Oran. Le texte avait été écrit au stylo bille, sur une feuille de papier ordinaire, arrachée à un cahier d'écolier. Ajustant ses lunettes, elle se mit à relire à voix haute.

« Ma chère Emna, voici la recette que tu attends depuis presque quinze jours :

1. Mettre la graine de couscous dans une grande *kassaa*.

2. Pour un kilo de graine, verser en pluie un demi litre d'eau tiède et saler, en roulant la graine au fur et à mesure.

3. Ajouter deux bons creux de main d'huile et rouler à l'identique.

4. Mettre à cuire dans le *kess kess*.

5. Remettre la graine cuite dans la *kassaa*. Ouvrir la graine, la fourrer de roumaine, la mouiller de nouveau, soit avec de l'eau tiède, soit avec du bouillon coupé d'eau pour donner plus de goût.

6. Refaire cuire une demi-heure.

7. Rouvrir la graine, piquer de *aouina*, faire fondre un bon morceau de *zebda*.

Cette recette te plaira, j'espère. Elle circule d'ouest en est, jusqu'à la Mitidja, depuis plus d'un an. Ne la crie pas sur tous les toits. Une semoule éventée pèse toujours sur l'estomac — j'en sais quelque chose ! Maîtrise ta fringale et fais bien attention au service.

À bientôt. Yolande. »

Emna Aït Saada enleva ses lunettes et se tourna vers Alya et Taoufik. Cela faisait plus de deux heures qu'ils tentaient de décoder le message, en vain. C'est seulement à la fin du repas qu'une lueur s'était faite dans l'esprit de la géologue.

— Toujours rien ? susurra la Mastodonte, l'œil gourmand. C'est pourtant écrit noir sur blanc ! Taoufik, tu es nul en cuisine, mais tu es bon en arabe, non ? *Aouina* et *roumaine*, tu traduis ça comment ?

Le visage du journaliste s'illumina.

— Des pru... des pruneaux et des.. des... des grenades ! s'écria-t-il, en bégayant violemment, ce qui était signe, chez lui, d'intense émotion.

— Autrement dit, des munitions... Ou peut-être des armes ? Des armes dissimulées dans la semoule de couscous ? Un trafic d'armes ! acheva Alya dans un souffle.

Trônant au milieu de la pièce, un sourire de triomphe aux lèvres, leur hôte dodelinait doucement la tête.

— Selon toute probabilité, ta mère a découvert l'existence d'un trafic d'armes entre la frontière marocaine et les maquis islamistes de l'Algérois. La marchandise voyage à bord de camions ou de fourgonnettes. qui transportent officiellement de la semoule. Ce petit jeu dure depuis plus d'un an. Bien. Jusque là, tout est clair. C'est le reste qui me chiffonne. Cette semoule qui « pèse sur l'estomac » ne me dit rien qui vaille. Et puis cette histoire de

« service »... Je me demande vraiment dans quel guêpier ta mère s'est fourrée !

— Il faut aller à Oran, c'est là-bas qu'on trouvera la solution. Puisque c'est là-bas que se cache ma mère, répondit Alya, le visage rouge d'excitation.

— Peut-être, mais pas tout de suite. Ce serait se jeter dans la gueule du loup ! rétorqua Taoufik. Ta mère l'a écrit texto : il faut faire gaffe à ne pas éventer le secret et à rester hyper prudent. Le mieux pour commencer, c'est d'enquêter sur Alger. Tu n'es pas d'accord avec moi, Emna ?

La sonnerie du téléphone les interrompit.

— Je reviens tout de suite, soupira le professeur.

L'appareil était installé dans sa chambre, à l'autre bout de l'appartement. Elle s'y dirigea d'un pas lourd. Alya, la mine boudeuse, alluma une cigarette. Taoufik l'avait vexée. Enquêter sur Alger ! La ville, faubourgs proches compris, devait compter, au bas mot, quatre millions d'habitants. Autant chercher une aiguille dans une botte de foin ! À Oran, au moins, on savait par qui commencer : il y avait l'oncle Omar et sa famille, et puis la fameuse couturière. Alya décida de se renseigner, dès le lendemain matin, sur les horaires des trains.

— C'était les voisins de tes parents. Tu sais le petit Hocine, qui vit tout seul avec sa grand-mère ? dit Emna, en rentrant dans le salon.

— Oui, et alors ? Qu'est-ce qu'il se passe ? Pourquoi il appelle ? répondit Alya, anxieuse soudain.

— Rien de grave, rien du tout ! Ils t'ont vu quitter l'appartement de ton père, cet après-midi, comme si tu avais le feu aux trousses. Et comme ils ont remarqué que tu n'étais pas rentrée, ils ont pensé que tu étais sûrement ici. Tu sais bien, ta mère adore le gosse. Pour le petit Hocine, tu es un peu comme sa grande sœur. Il voulait juste vérifier que tu allais bien et que tu dormais ici, c'est tout.

— Cette ville, c'est pire qu'au bled ! s'exclama Alya, avec un sourire teinté de mépris. Pas moyen de faire un pas dans la rue sans que l'immeuble entier le sache. Tout le monde espionne tout le monde, comme au village.

— Ça a du bon, des fois ! rétorqua Emna, en gobant au passage une bouchée de gâteau. Tu finis de débarrasser, pendant que je ramène Taoufik chez lui ?

Taoufik s'était levé à son tour et bâillait bruyamment.

— Laisse tomber, Emna ! Tu sais bien qu'ils ont repoussé le couvre-feu d'une heure. À pied, j'ai largement le temps.

Emna n'insista pas. Une femme se promenant seule la nuit en voiture était devenue une chose assez rare à Alger pour ne pas tenter l'expérience. Une guerre en cache toujours une autre, songeait l'énorme amie de Yolande Benabdallah, en fouillant dans son sac.

— Je t'accompagne au moins jusqu'en bas de l'immeuble, répondit-elle, son trousseau de clés à la main. À tout de suite, Alya.

Emna s'était munie d'une lampe électrique pour éclairer les marches. Toutes les lampes de la cage d'escalier avaient grillé, les unes après les autres.

Les rares ampoules intactes avaient été volées. Emna descendait lentement, en se tenant à la rampe. Taoufik la suivait en silence.

— J'ai besoin de ton avis, dit-elle à voix basse, une fois qu'ils furent arrivés au rez-de-chaussée.

— À propos des pruneaux ? souffla le journaliste.

— Non, pas seulement. La semaine dernière, quatre jours avant l'assassinat de sa première épouse, le père d'Alya a trouvé un petit bout de linceul dans sa boîte aux lettres. Autrement dit, quelqu'un veut sa peau.

— Qui t'a raconté cette histoire ?

— Hocine, le petit voisin. Il me l'a dit au téléphone, tout à l'heure. Il a vu le père d'Alya ouvrir sa boîte aux lettres, lundi soir. Quand il s'est aperçu de ce qu'il y avait dedans, le pauvre Hassan a eu tellement la trouille qu'il a fait tomber le bout de linceul par terre. D'après Hocine, il y avait une lettre avec.

— Le truc du linceul, c'est souvent un coup des islamistes. Je ne vois pas le rapport avec le mari de Yolande. Il est un peu lourdaud, c'est vrai, mais ce n'est pas un teigneux. À part son garage, il ne s'intéresse pas à grand-chose. Tu es sûr que le gosse ne t'a pas raconté des cracks ?

— Non, ce n'est pas son genre.

— Et Alya ?

— Justement, c'est ça mon problème. J'ai l'impression qu'elle n'est pas au courant de cette histoire de linceul. Elle est tellement impulsive que, si elle l'apprend, elle risque de brusquer les choses et de tout ficher en l'air.

— À mon avis, mieux vaut la laisser en dehors de cette affaire. Après tout, son idée d'aller à Oran n'est peut-être pas si mauvaise...

— Tu plaisantes ? Pour qu'il lui arrive la même chose qu'à sa mère ? !

Taoufik soupira. Emna n'avait pas tort. Il fallait se méfier de tout.

— Pour ce soir, tu ne dis rien, OK ? Attends un jour ou deux que les choses se décantent. Ça me laissera le temps de vérifier deux ou trois trucs. Je voudrais faire une petite visite au vieux qui garde le hangar de Benabdallah. C'était un des meilleurs amis de mon père, je le connais bien. Il sait peut-être des choses.

— Comme tu veux, dit Emna. Moi, de mon côté, je passe voir Hocine et j'essaye d'apprendre quelque chose de ce pauvre Hassan. Disons qu'on se retrouve chez moi jeudi soir. Vers 19 h, ça va ?

Taoufik hocha la tête en signe d'approbation et traversa rapidement la cour de l'immeuble. Une brise légère venait de la mer. La nuit était douce, silencieuse. Il était trop tôt pour les fusillades. La géologue remonta l'escalier en soufflant à chaque marche, la loupiote à la main. Elle était tellement absorbée par ses pensées qu'elle ne prêta pas attention au bruit de motocyclette qui venait du parking.

Quand elle poussa la porte de son appartement, Alya dormait déjà, couchée toute habillée sur le canapé du salon. La géologue verrouilla la porte d'entrée avec soin, fit une halte à la cuisine et gagna sa chambre sur la pointe des pieds, une cuisse de poulet à la main.

CHAPITRE IV

La Maison de la presse avait été installée dans les bâtiments d'une ancienne caserne française, non loin du quartier Belcourt. L'essentiel du décor était resté le même. Dans la cour, les voitures de marque étrangère avaient pris la place des Jeeps coloniales. Et dans la guérite de l'entrée, autrefois occupée par les soldats français, des policiers algériens contrôlaient l'identité des visiteurs. Taoufik tendit ses papiers et reçut, en échange, un badge de couleur.

— Et qui c'est que tu vas voir au *Watan* ? nasilla l'un des gardes avec un sourire torve.

— Pourquoi tu me demandes ça, tu fais des heures supplémentaires ? répondit Taoufik d'un ton rogue. Et qui te dit que je vais au *Watan* ? ajouta-t-il.

Le sourire du planton s'évanouit. D'un mouvement du menton, il fit signe à Taoufik de passer.

Le rédacteur en chef écrasa son mégot avec une lenteur étudiée, comme pour se donner le temps de résoudre un problème particulièrement complexe.

C'était un type aux cheveux gris et au regard fuyant. Ses traits mous et fripés faisaient penser à une vieille serpillière.

— Alors comme ça, les mecs feraient passer les armes en les planquant dans des sacs de semoule ? Original comme truc ! Et ça durerait depuis longtemps ?

— D'après ce qu'on m'a dit, un an à un an et demi, dit Taoufik.

— Pour qu'ils n'aient jamais eu de pépin, il faut qu'ils soient sacrément rencardés, hein !

— Tu crois que je te monte un flan ?

Taoufik s'était levé. Il se mit à arpenter le bureau tout en continuant de parler.

— Laisse-moi dix jours. Si je te ramène le super scoop, un papier en béton avec tous les détails, tu me payes la pige au tarif haut de gamme et les frais d'enquête. Vous aurez l'exclusivité. Je connais le métier autant que toi. Je sais ce que vaut un papier comme ça. Si c'est un flop, tu ne me dois rien et on n'en parle plus. Ça te va comme marché ?

Son interlocuteur se mordillait les lèvres. Lui et Taoufik se connaissaient depuis plus de quinze ans. Dans le temps, Amine avait occupé les fonctions de sous-chef de rubrique au service international du quotidien *El Moudjahid.* À l'époque, il était censé s'occuper de l'Afrique, ou, plus exactement des « pays frères » africains en lutte contre « l'impérialisme » occidental. Toutes ces histoires de nègres l'avaient toujours rasé. Il avait fait semblant de s'y intéresser. Peut-être même qu'il y croyait un peu. Sacrés négros ! Dans quelle merde ils étaient ! À peine descendus de leurs arbres ! Pour rien au monde il n'aurait vécu dans des pays pareils. N'empêche qu'il avait fait deux ou trois voyages sympas. Maputo, Luanda... Et même Cuba, une fois. Rhum, cigares et petites pépées. C'était chouette.

L'Algérie, à l'époque, ça avait de la gueule ! Et le boulot était tranquille. De temps en temps, il fallait faire un petit rapport. Rien de méchant. On lui demandait des informations sur tel ou tel, diplomate algérien ou personnalité locale. Le reste était encore plus simple. Pour écrire son article, il suffisait de repiquer les notes de l'ambassade, en mettant un peu de sauce autour. Chaque paragraphe était relu à la loupe par la direction du journal. Pour faire une bourde, il fallait faire fort ! Aujourd'hui, bien sûr, c'était la mode de cracher dans la soupe et de dézinguer les vieux barons du FLN. Lui-même ne se gênait pas. Est-ce qu'on avait vraiment le choix ? Il se racla la gorge pour écarter ces pensées pénibles.

Taoufik l'observait avec anxiété. Cela ferait bientôt deux mois qu'il n'avait pas envoyé de mandat à Tunis. Amine n'avait pas besoin de jouer au petit chefaillon avec lui en le faisant languir pendant trois heures.

— Écoute, Taoufik. Voila ce que je te propose, finit par lâcher le vieux singe. Pendant huit jours, tu ramasses toutes les infos que tu peux. Mais avant de rédiger, tu viens me voir. On ne balance pas une histoire de trafic d'armes comme si c'était un compte rendu de concert raï, tu comprends ? C'est de l'info sécuritaire, il faut y aller mollo. J'ai pas envie d'avoir des emmerdes. Il y a déjà eu quatre canards saisis depuis le début du mois : ça ne me dit rien de faire partie de la prochaine charrette.

Taoufik resta silencieux quelques secondes.

— Il n'y a pas d'entourloupe, c'est sûr ? avança-t-il, avec une moue d'hésitation. Tu ne me fais pas bosser pour des prunes, avec l'idée de me piquer le sujet ? J'aimerais autant ne pas me faire doubler...

— Mais tu rigoles ou quoi ! s'écria le rédacteur en chef, en frappant du poing sur la table. On se connaît depuis assez longtemps, non ? Je t'ai déjà fait une crasse ?

Il soufflait comme un phoque outragé. Taoufik se força à sourire. C'est vrai, d'une certaine manière, on ne pouvait rien reprocher à Amine. Toutes les mochetés qu'il avait faites, il s'était toujours débrouillé pour ne pas les assumer. C'était toujours la faute des autres. Il n'y était jamais pour rien. Sacré Amine ! Un faux jeton de première ! Et si bon comédien qu'il finissait par croire à ses propres mensonges. Il avait bien mené sa barque. Taoufik jeta un regard rapide vers l'homme qui lui faisait face. Il se dit qu'il n'avait pas le choix.

— Bon, alors c'est d'accord. Dès que j'ai suffisamment de biscuit, je viens te voir. Et si jamais ça marche, tu me payes la pige...

— ... et les frais de reportage, yes Sir ! rigola Amine, en lui donnant une grande claque sur l'épaule. On est entre Algériens, oui ou merde ?

Taoufik ne répondit pas. Pense au flouze, mon petit gars ! Au flouze, au mandat, à rien d'autre ! se répétait-il pour lui-même, en descendant l'escalier crasseux.

*

L'appartement où habitaient Hocine et sa grand-mère était situé au deuxième étage, juste en face de celui des Benabdallah. C'était un minuscule deux-pièces, dont les fenêtres donnaient sur la cour — un cul-de-sac aux allures de décharge, puant l'été, boueux l'hiver, où un vieux figuier poussiéreux s'entêtait à survivre. Les habitants de l'immeuble avaient pris l'habitude d'y garer leur voiture quelle que soit la saison.

— Attention au tapis, Nanna ! Soulève les pieds, je te dis ! maugréait le gamin en guidant, tant bien que mal, la vieille chose en djellaba rose saumon jusqu'à la fenêtre.

— Compte un pas et demi, voila, on y est, ajouta-t-il. Tu peux t'asseoir, j'ai mis les coussins.

— Encore heureux ! rugit l'aïeule. Manquerait plus que ça que tu me poses sur le carreau sans rien ! Pour que j'attrape une pneumonie ? Ose un peu, face de rat et je t'égorge ! ricana-t-elle.

Hocine n'écoutait que d'une oreille. Tous les matins, c'était le même crachotis d'insultes spongéiformes. Malgré ses quatre-vingt-cinq ans, la vieille jouissait d'une énergie à toute épreuve. Elle ne pesait que quarante kilos toute habillée, mais avait un coffre étonnant. Quand elle était jeune, elle pouvait faire tomber une vitre rien qu'en criant. Qu'elle soit devenue aveugle n'avait pas adouci ses mœurs autoritaires, aggravant au contraire ses penchants tyranniques. Elle n'utilisait sa canne blanche que pour frapper le chat.

— Bois ton café au lait avant que ça soit froid, dit Hocine, en déposant sur les genoux de l'ancêtre le plateau du petit déjeuner.

Magnanime, la vieille se tut. Une fois passée sa crise matinale de barrissements, elle restait quasiment aphone pendant trois ou quatre heures. Hocine en profita pour reprendre sa lecture.

Bien qu'il ne soit âgé que de neuf ans et demi, il avait obtenu le droit de s'inscrire à la bibliothèque de l'école, théoriquement réservée aux élèves du secondaire. Hocine avait toujours été un excellent élève, ce qui le desservait beaucoup auprès de ses camarades. Les plus *cool* le traitaient de fayot. Et comme il était un peu gringalet, le moment de la récréation avait toujours été sa hantise. Une fois sur deux, il en ressortait avec le tee-shirt déchiré ou la lèvre fendue.

C'est la voisine d'immeuble, Yolande Benabdallah, qui lui avait arrangé le coup de la bibliothèque. Elle connaissait la directrice. Souvent, en plus, elle lui offrait des livres. Elle trouvait qu'il était doué et que « ce serait un gâchis de laisser toute cette intelligence en friche ». Elle lui donnait même des cours de français gratis. Jusqu'à sa mystérieuse disparition, il y a quinze jours, dans la région d'Oran.

— Nanna, tu veux que je te lise un peu ?

La grand-mère s'était calmée. Elle approuva d'un hochement de tête, sans s'arrêter de mâchonner son pain. Hocine se racla la gorge et commença à lire à haute voix.

— « Ceux qui sont partis à la guerre du nord se battent maintenant. Le soir tombe ô sanglante mer. Jardins où saigne abondamment le laurier rose fleur guerrière », récita Hocine.

L'aveugle porta le bol à ses lèvres, avala une gorgée de café et déglutit bruyamment.

— Il a raison, fiston. Nos lauriers sont niqués. Kaki jusqu'à la moelle ! Toute cette histoire finira mal.

*

Hocine était en train de découper des tomates pour la *méchouia* de midi, quand la grand-mère poussa un cri. Dressée sur ses coussins, la tête tendue vers la fenêtre ouverte, elle écoutait.

— Ils sont cinq, je les entends qui montent, souffla-t-elle d'une voix éraillée. Ils s'arrêtent au deuxième. Chez les Benabdallah ou chez les Ghezali ? Hocine, regarde vite !

Le gosse se pencha par la fenêtre. De l'angle où il était, il voyait une partie du salon des Benabdallah. La vieille avait raison. Hassan Benabdallah, en pyjama beige à rayures et tricot de corps blanc, était entré dans son champ de vision. Il se dirigeait vers la porte d'entrée, comme pour aller répondre à quelqu'un qui sonnait.

— Dis-lui de ne pas ouvrir ! C'est des tueurs ! Je sens que c'est des tueurs ! cracha l'aveugle.

Hocine lui obéit. Il se mit à hurler. Sa petite voix perçante résonnait dans la cour de l'immeuble, rebondissant d'un mur à l'autre comme une perle d'acier. Des fenêtres s'ouvrirent. Plusieurs ménagères, en cheveux ou la tête coiffée d'un fichu, se penchèrent à leur tour. La vieille avait raison. Mais il était trop tard. Les visiteurs étaient bien au nombre de cinq. Cinq malabars, armés de couteaux. Sales gueules, des durs à cuire. L'un d'entre eux, le chef apparemment, s'adressait au garagiste. Il portait la barbe et parlait avec véhémence, en roulant des yeux furibonds. Dans la main gauche, il tenait un chapelet ; dans la main droite, un hachoir de boucher. Le garagiste faisait non avec la tête, agitant les bras comme pour protester de son innocence. Soudain, Hocine comprit que le barbu venait de donner un ordre. Ses quatre acolytes s'approchaient de Hassan Benabdallah, comme quatre gros chats reluquant une souris.

— Dis-lui qu'il saute par la fenêtre, éructa la grand-mère.

Le buste appuyé sur la rambarde, le gosse s'époumona :

— Monsieur Benabdallah, sautez ! Sautez vite !

Une onde de panique avait fait le tour de l'immeuble. Un concert de youyous emplissait la cour, des voix stridentes criaient « à l'assassin » ou lançaient des jurons. Surpris par ce brusque charivari, le quintet d'islamistes s'arrêta un instant. Le chef lança un regard inquiet par la fenêtre ouverte. Durant une fraction de seconde, Hocine et lui se dévisagèrent. Hassan Benabdallah avait disparu du champ de vision du gamin.

— Quel balourd, celui-là ! J'ai entendu ses os craquer. Il a dû se casser une jambe, croassa la grand-mère, en réajustant les coussins qui avaient glissé dans son dos.

Pendant quelques secondes, Hocine ne vit plus rien. Puis les cinq tueurs surgirent de la cage d'escalier. Ils traversèrent la cour à toute allure, filant comme des flèches vers la rue. Le concert de youyous accompagnait leur fuite, comme une nuée d'abeilles poursuivant un intrus. Hocine était en nage.

— On transporte M. Benabdallah sur un brancard, haleta-t-il.

— Il a peut-être réussi à se casser les deux jambes, gloussa l'aveugle.

Son vieux visage ridé s'illumina d'une joie mutine.

*

Sorti de la Maison de la presse, Taoufik avait aussitôt hélé un taxi pour monter au quartier du Golfe. Trois clients se trouvaient déjà à l'intérieur de la voiture, dont une femme, assise à l'avant, qui se fit déposer place Addis-Abeba. Les deux autres se firent arrêter devant le ministère des Affaires étrangères. Taoufik descendit un peu plus loin, près de la poste. Avec un peu de chance, il trouverait le vieux Rabah Touati chez lui. Il ne prenait son poste de gardien de nuit que vers huit heures du soir et devait sûrement casser une petite graine, avant de partir travailler. Sur le chemin, Taoufik acheta une moitié de pastèque et une livre de pêches.

Le journaliste avait deviné juste. Le vieux venait de finir son assiette de *chorba*, quand Taoufik entra dans le salon-cuisine du petit pavillon. Une famille de Boufarik louait le premier étage de la vieille bicoque, que Rabah Touati avait gracieusement héritée, à l'automne 1962, au lendemain de l'indépendance.

— Tu vois, je vous ai apporté le dessert ! lança Taoufik en souriant.

— Assieds-toi, mon fils ! Tu vas bien prendre le café avec moi ? s'écria le vieux gardien, en essuyant sa moustache.

Un bonnet de laine masquait sa calvitie. Il était maigre comme un coucou.

— Souad ! aboya-t-il.

Une ombre vêtue de gris débarrassa prestement Taoufik de son chargement de fruits et fila au fond de la pièce pour mettre l'eau à bouillir sur le réchaud à gaz.

— Alors, quelles sont les nouvelles ? Cela fait presque un an que je ne t'ai pas vu. Tu as grossi, non ? C'est bien, tu as de la chance ! Ta femme est bonne cuisinière, ce n'est pas comme la mienne ! s'esclaffa le vieux, en se tapant sur les cuisses.

Il connaissait Taoufik depuis que ce dernier était tout petit. Le vieux Mohammed Benslimane, emporté par une embolie deux ans auparavant, s'était retrouvé dans le même maquis que Rabah Touati pendant la guerre de libération. Les deux hommes et leurs familles étaient restés très proches.

Taoufik sourit poliment et sortit ses cigarettes pour se donner une contenance. Il tendit le paquet vers son hôte.

— Rien de neuf, malheureusement. On dit qu'il y

a 800 à 1 000 morts par semaine, en moyenne. La vendetta avec un grand V. Mais bon ! ce n'est pas à toi que je vais raconter ça. Rien qu'avec ce qui s'est passé dans la famille de ton patron...

— Ah ça, ne m'en parle pas ! se récria le vieux.

Il était devenu rouge comme un coq. Le journaliste lui jeta un regard intrigué. Rabah Touati secouait la tête, les yeux fixés sur sa tasse de café. Sa colère était retombée. Il soupira.

— Je me demande des fois... reprit le vieux. Est-ce que ça valait vraiment la peine de se battre comme on l'a fait avec ton père ? Quand je pense... Pour arriver à une telle merde !

Il plissa les lèvres de dégoût.

— Le pauvre Hassan Benabdallah ! Franchement, ce n'est pas juste ! poursuivit Taoufik, comme s'il n'avait pas entendu. Quand on voit ce qu'il a souffert. Sa première épouse qui se fait tuer, la deuxième qui disparaît on ne sait pas trop comment...

Le vieux ne fit aucun commentaire. Il buvait son café en faisant du bruit.

— Tu continues à garder son entrepôt, enfin son garage ? ajouta le journaliste. La vérité, je n'ai jamais compris qu'est-ce qu'il mettait dans ce local. Des pièces détachées, des trucs comme ça ?

Rabah Touati posa sa tasse et regarda Taoufik droit dans les yeux.

— Tu sais, moi, ce boulot, si je le fais, c'est juste pour arrondir la pension. Le reste, je m'en fous, c'est pas mes oignons. Maintenant, si ça t'amuses de penser qu'un type qui se fait descendre une de ses femmes et qui se fait souffler la deuxième sans rien dire n'a rien à se reprocher, vas-y ! Tout le monde est libre de croire à des conneries.

Taoufik se racla la gorge, gêné. Il s'en voulait d'avoir mis le vieux dans cet état. Et, plus encore, de lui avoir tiré les vers du nez aussi facilement. Le vieux aussi était gêné. Pour faire diversion, il se mit à hurler :

— Souad !

La malheureuse surgit de la pièce voisine, un sourire soumis sur les lèvres.

— Et les fruits de Taoufik, tu comptes les garder pour l'Aïd ? rugit l'atrabilaire.

S'agitant comme une poule affolée, sa femme s'empressa de disposer les pêches sur une assiette. Elle y ajouta un morceau de pastèque, hâtivement découpé en gros cubes ruisselants. Son époux ne la lâchait pas des yeux.

— Et ton fils, tu as des nouvelles ? hasarda Taoufik, histoire de parler d'autre chose.

— Ce bon à rien ? grogna Rabah Touati. Ils viennent de l'envoyer à Ouargla. Tous les deux mois, ils les changent de caserne. Il paraît que c'est pour éviter les mutineries. À Ouargla, il fait chaud, mais c'est quand même plus tranquille qu'à Médéa.

Il semblait s'être complètement calmé. Taoufik se sentit soulagé et prit un morceau de pastèque. Pendant quelques minutes, les deux hommes mangèrent en silence.

— Tu sais, à propos de Benabdallah, lâcha soudain le vieux. Il traficote ce qu'il veut, c'est son problème. Mais moi, je ne t'ai rien dit, hein ! Motus et bouche cousue.

Taoufik s'essuyait les mains dans un torchon, le visage impassible.

— Comme tu es journaliste, j'aime autant que les choses soient claires. Ce que je te dis, c'est entre nous. On est d'accord ?

Taoufik acquiesça d'un mouvement de tête.

— La vérité, je vais te la dire. Benabdallah, il est foutu. Tout ce que je lui souhaite, c'est d'avoir mis un peu de flouze de côté et de savoir courir plus vite que les zouaves qui lui collent au train. Pendant un moment, j'y ai trouvé ma part, dans ses combines. C'est normal, hein ! poursuivit le vieux, en clignant de l'œil d'un air entendu. Je te dis les choses franchement. C'est au fils de mon ami Mohammed que je parle. Eh bien ! sur ce que j'ai de plus sacré, je te le jure : je finis le mois, je touche ma paie et basta ! Je ne travaille plus pour ce Benabdallah.

De l'angoisse perçait dans sa voix. Il renifla bruyamment et jeta un coup d'œil à sa montre.

— Bon, il va falloir que j'y aille, dit-il.

— Je dois y aller aussi, approuva Taoufik en se levant de table. Juste une chose, Si Rabah...

Le vieux était en train d'enfiler une veste en velours et cherchait des yeux la grosse canne qu'il emportait toujours pour ses nuits de veille. Il leva la tête vers Taoufik.

— Pourquoi ne pas arrêter tout de suite ? dit ce dernier. Continuer à garder le dépôt, dans ces conditions, ça peut être dangereux, non ?

— J'y ai réfléchi, figure-toi ! Mais à mon avis, le

plus dangereux, ce serait de faire comme tu dis. Parce que ça leur mettrait la puce à l'oreille, répliqua le vieux. Ça ne fait pas normal de quitter son boulot brusquement, sans raison apparente. Tandis que là, personne se doute. On se dit, le vieux Touati, il est au courant de rien. C'est comme ça que je risque le moins, crois-moi ! C'est pas ma première guerre, tu sais. Les temps sont durs mais je connais la musique ! Et puis bon, la fin du mois sera vite là.

Rabah Touati avait retrouvé son sourire guilleret. La cohérence de son raisonnement l'avait revigoré.

Avant de sortir, il hurla encore après sa femme, pour l'avertir de son départ. Souad Touati accourut. Tout en s'essuyant les mains dans son tablier, elle salua Taoufik d'un pudique signe de tête. Au pied du portemanteau, d'où le vieux venait de décrocher sa veste, un bout de tissu avait glissé. Taoufik voulut le ramasser, mais la vieille fut plus rapide.

— Qu'est-ce que c'est encore que ce mouchoir ? gronda le vieux, d'une voix menaçante. C'est nouveau, ça ! Tu es sortie l'acheter sans me prévenir ?

— Mais non, Rabah ! répondit-elle, outrée. C'est la voisine qui l'a oublié. Tu n'auras qu'à lui demander, si tu veux, ajouta-t-elle avec une pointe de défi.

Que son mari puisse la soupçonner d'un tel écart de conduite la blessait. Les lèvres pincées, elle alla raccrocher le foulard rouge et or au portemanteau. En plus, ces couleurs-là, ce n'était pas son genre. Trop tape-à-l'œil. Elle préférait les tons sobres, comme le marron ou le gris. Son mari aurait du le savoir ! ronchonnait la vieille Souad dans son bordj intérieur.

Très content de son effet, le vieux Rabah Touati quitta la pièce le premier. Taoufik le suivit. Les deux hommes bavardèrent encore quelques instants, dans la rue. La nuit était tombée.

— Les traditions ont du bon, mon fils ! s'exclama le vieux Rabah. Chez les musulmans, c'est comme ça. C'est l'homme qui fait la loi. L'épouse doit rester à sa place, à la maison ! Mon père n'arrêtait pas de le dire. Une femme ne sort que deux fois dans sa vie : la première, quand elle se marie et qu'elle rejoint la maison de son époux ; la seconde, quand on l'emporte au cimetière !

Et il éclata d'un bon rire.

CHAPITRE V

Assis dans un coin du hangar, la lampe à pétrole à ses pieds, le vieux gardien fixait le sol d'un œil vague. Il ruminait des pensées floues. Passait d'un rêve à l'autre. Un coq, un âne. Un coq. Il touillait tout cela machinalement, comme on fait avec une cuillère pour mélanger le sucre. Normalement, à ce régime, le sommeil venait vite. Était-ce la conversation avec le fils Benslimane qui l'avait contrarié ?

Le fauteuil branlant où il passait ses nuits — il l'avait lui-même dégotté, un jour de chance, en fouinant dans un terrain vague — n'était pas d'un confort absolu. Les ressorts étaient hors d'usage et l'un des accoudoirs manquait. D'habitude, le vieux Rabah s'en fichait. Il était capable de dormir n'importe où, à n'importe quelle heure. Pendant quinze minutes ou quinze heures, selon les circonstances. Mais ce soir n'était pas un soir ordinaire. Le sommeil s'obstinait à le fuir. Agacé, le vieux Rabah cracha par terre.

Cette capacité de dormir « sur commande » était un don qu'il s'était découvert au maquis, pendant la guerre de libération. Les autres *moudjahidin* lui en voulaient un peu. « Tu verrais ta mère découpée en rondelles par ces cochons de Français, ça ne t'empêcherait pas de pioncer ! » lui avait lancé, un jour, excédé, son copain Benslimane. L'air mauvais qu'il avait, en prononçant ces mots ! Rien que d'y repenser, le vieux Rabah se sentit secoué de frissons. C'était la première fois qu'il entendait son pote lui parler sur ce ton. Cette méchanceté nouvelle l'avait désarçonné. Il avait regardé son ami d'un air niais, sans savoir quoi répondre. Ah oui ! Il s'en souvenait de cette scène ! Elle l'emmerdait. Un goût de bile lui envahit la bouche. La guerre était un drôle d'alambic. Le vieux gardien de nuit tenta, comme on chasse une mouche, d'écarter le souvenir de sa tête. En vain. Il cracha de nouveau.

Cela devait être au mois de mars. Ils venaient de passer l'après-midi sous la pluie, planqués dans un sous-bois, grelottant de froid et de fatigue. Les paras n'étaient pas loin. Il fallait attendre la nuit. Seul, Rabah avait réussi à dormir, recroquevillé en chien de fusil sur le sol détrempé. C'est là, à son réveil, que Mohammed lui avait fait cette réflexion brutale. Comme un prélude amer à ce qui allait suivre.

Ils s'étaient donc mis en marche, à la fin de la journée. Ils avaient décidé de gagner un petit village de montagne. Le chef du groupe y avait un cousin. Quand ils étaient arrivés, à l'aube, après des heures de crapahutage dans l'obscurité, au milieu des ronces et des pierres, ce qu'ils avaient trouvé les avaient laissés interdits. Il ne restait du village que des ruines fumantes. Six ou sept cadavres gisaient au pied d'un muret. Il y en avait une dizaine d'autres, couchés dans les champs d'oliviers. Des femmes, des gosses. Certains salement amochés. Le chef avait reconnu son cousin. Un grand type en burnous gris, avec des yeux d'enfant étonné et du sang qui lui coulait de la bouche. Rabah se rappelait, comme si c'était hier, la dureté de la terre sous les coups de pelle. Oui, ça devait être la fin mars.

Ils étaient repartis aussitôt après avoir enterré les morts. Pendant les cinq jours qui avaient suivi, le chef n'avait pas desserré les dents. Même l'ivresse du carnage, quand ils étaient tombés sur cette patrouille de jeunes soldats français, ne l'avait pas remis d'aplomb. Ils leur avaient fait la totale, aux troufions ! Embuscade-surprise et boucherie-maison, avec sexe coupé, enfoncé dans la bouche, dans la grande tradition.

Le vieux gardien de nuit poussa un soupir et fouilla les poches de sa veste, à la recherche de cigarettes. Est-ce qu'il avait rêvé ou est-ce qu'il avait vraiment entendu du bruit ? Pendant quelques secondes, les épaules penchées en avant, il tendit l'oreille.

Ce devait être un chat. Ou un rat, va savoir ! Dans ce capharnaüm, il y en avait pour tous les goûts. Vieux bidons d'huile, rouleaux de corde, pneus d'occasion, pièces de moteur... À boire et à ronger ! Les deux fourgonnettes bâchées, garées contre le mur du fond, étaient arrivées il y a quinze jours. Elles n'avaient pas été déchargées. C'était de la semoule, comme d'habitude.

Dès le premier soir, d'un coup de canif, le vieux

Rabah avait prélevé sa part, faisant couler deux ou trois kilos de graine de chaque énorme sac. Ni vu, ni connu. Le reste, il n'y touchait pas. Rien que de penser aux armes dissimulées dans la semoule, il en avait froid dans le dos.

Des arrivages comme ça, il y en avait un ou deux par mois. Le vieux ne voyait jamais les chauffeurs — et ce n'était pas plus mal. Comme disait Souad : « Moins tu en sais, mieux on se porte ! » Le surplus de semoule, ils le vendaient à leurs voisins. Personne n'avait jamais posé de questions, ni les locataires du premier, ni la veuve de la rue Bouzrina. C'était pur bénéf pour tout le monde. « À la guerre comme à la guerre ! » avait juste dit la veuve, la première fois que Souad lui avait proposé la combine.

Les deux femmes se voyaient souvent. Elles allaient ensemble au hammam. La veuve passait à la maison, l'après-midi, quand Souad était seule. Elle apportait des gâteaux, Souad préparait du thé. Elles bavardaient. De quoi pouvaient-elles bien parler ? Le vieux Rabah repensa à ce grand foulard rouge et or, que la veuve avait oublié chez eux. Un truc pareil, ça devait coûter les yeux de la tête. Vu sa pension de rien du tout, elle avait dû drôlement économiser avant de se l'acheter. Elle était sûrement bien contente d'avoir de la semoule moitié prix. Surtout avec son grand crétin de fils, qui ne faisait rien de ses dix doigts ! D'après Souad, le mari était mort il y a sept ou huit ans, dans un accident de la route. Le gamin suivait, soi-disant, un stage de gestion commerciale.

Le vieux Touati eut un hoquet de mauvaise

humeur. Il avait toujours détesté les enfants. Lui-même n'en avait eu que deux, ce qui, pour un homme de sa génération, était exceptionnel. Ses voisins avaient huit ou dix mioches, facile. Parfois davantage, surtout chez les gens qui venaient de la campagne. À l'époque, c'était encore la mode, les familles nombreuses. Boumediene encourageait la natalité à tout crin, il rêvait d'un pays fourmillant de moutards : ajoutés au pétrole et au gaz de Hassi Messaoud, l'Algérie allait dominer tout le Maghreb. Elle serait « le phare du Tiers Monde », comme ils disaient dans le *Moudjahid*.

Mais rien n'y avait fait, ni l'exemple des voisins, ni les slogans du FLN : l'Algérie pouvait pondre des mioches jusqu'à plus soif, au deuxième enfant, Rabah Touati, lui, avait décidé d'arrêter. Deux bouches à nourrir, en plus de sa femme, c'était bien suffisant.

La fille, l'aînée, s'était mariée avec un épicier de Blida. Les familles se connaissaient depuis longtemps. La gosse n'avait pas fait de drame quand on lui avait annoncé la nouvelle et l'alliance s'était faite dans les règles, avec la bénédiction de l'imam, l'orchestre traditionnel, le drap taché de sang, les youyous, les gâteaux et le pèlerinage au marabout. Avec celle-là, au moins, on n'avait pas de fil à retordre. C'était une bonne petite, gentille, comme sa mère. Et puis, on ne les voyait pas souvent. Ils venaient à Alger, une fois l'an, pour l'Aïd. En revanche, le cadet... Énervé, Rabah Touati se leva brusquement, faisant grincer les ressorts du fauteuil.

Sa canne dans la main droite, la lampe dans la

main gauche, il se mit à arpenter la remise en traînant la savate. Des rangées de bidons s'empilaient contre un mur, montant jusqu'au plafond de tôle ondulée. Le vieux passa devant, sans même tourner la tête. Il soufflait en marchant, marmonnant des jurons à l'adresse de son fils. Quand il pensait à son cadet, le vieux Rabah ne se sentait plus. Ce gamin le rendait fou. Un parasite, un fainéant, qui ne respectait ni son père, ni le drapeau de l'Algérie ! Le vieux Rabah se racla la gorge et cracha de nouveau.

Il se foutait de tout. À l'école, il avait toujours été le dernier. On aurait dit qu'il le faisait exprès ! Il n'y avait guère que Souad pour supporter ses comédies. D'ailleurs, c'était bien de sa faute. Elle l'avait pourri jusqu'à la moelle. Résultat : à part son espèce de raï à la noix et les championnats de foot, rien ne l'intéressait. Une chiffe molle, un bon à rien ! À se demander, des fois, si c'était bien son fils. Encore heureux qu'on l'avait envoyé à l'armée. Qu'il en bave un peu ! Qu'il voit la guerre de près ! Le vieux Rabah fit claquer sa langue, de colère.

Emporté par sa propre violence, le vieil homme parlait tout seul, ponctuant son monologue de grognements rauques. Ah ! les griefs ne manquaient pas. Une fois, tiens ! un 5 juillet, n'avait-il pas surpris son fils, caché dans la cave avec ses copains, en train de se saouler à la bière ? Il l'avait rossé, ce jour-là, fallait voir comme ! À coups de canne d'abord, puis au ceinturon. Au passage, il avait même écrabouillé cette saloperie de radiocassette. Il faisait moins le fier, après ça. Le saligaud, le mécréant ! De rage, le vieux Rabah fit un moulinet maladroit avec sa canne. Une pile de cageots s'écroula avec un bruit terrible. Surpris, le vieux gardien s'immobilisa. Il attendait que le silence revienne. C'était curieux, on aurait dit... De nouveau, il tendit l'oreille. Un bruit de pas ?

La lampe levée à hauteur de visage, pour bien éclairer tout autour, le vieux Rabah retourna lentement vers l'entrée du hangar, à l'endroit où était installé son fauteuil. Une odeur de charogne le saisit à la gorge. Il s'arrêta de nouveau, intrigué. Il n'avait rien senti de tel, à l'aller. Était-ce son imagination qui lui jouait des tours ? Ou un signe du ciel, un présage ? À moins que ce ne soit, tout bêtement, un rat mort en train de pourrir dans un coin. Le vieux Rabah eut froid, soudain. Il frissonna. Il avait oublié son fils.

Le choc arriva par derrière. Au moment où la main s'abattit sur son front, lui agrippant les cheveux pour bien relever le menton, le vieux Rabah sut qu'il allait dormir longtemps. À part le fils d'Abraham, qui s'en était sorti grâce à l'intervention express de l'archange Gabriel, les exemples d'êtres humains ayant réussi à convaincre leurs bourreaux de leur préférer un mouton se faisaient de plus en plus rares, songea le vieux Rabah. Il se rappela aussi, l'espace d'un éclair, l'histoire qui avait circulé dans tout le pays à propos de cette Française d'Oran, sauvée in extremis par sa perruque : l'égorgeur avait été tellement surpris qu'il en avait lâché le couteau, laissant sa proie lui échapper. Un miracle !

Mais le vieux gardien de nuit ne portait pas de

perruque. Il pria pour que la lame soit bien aiguisée. Lui-même avait fait le geste maintes fois. À chaque fête de l'Aïd, c'est lui qui égorgeait le mouton. Un mouvement simple et pur, comme celui de l'archet caressant le violon. Il l'avait fait aussi, une fois, en mars 1961. Il crut entendre, comme un écho lointain, les hurlements de sa victime. Oui, il allait dormir. Il allait retrouver Mohammed et tous les vieux copains de maquis. Pendant quelques secondes, la panique le saisit. Il tenta de se débattre. De crier, lui aussi. Mais il n'émit qu'un bref gargouillis. Le corps du vieillard, secoué de spasmes, se vida en quelques secondes.

CHAPITRE VI

El Harrach, El Affroun, Khemaïs Miliana... Le front collé à la vitre du train, Alya regardait défiler la litanie grisâtre des faubourgs d'Alger. Barres d'immeubles crasseux, longs chicots de béton, poussière, terrains vagues, paraboles. Puis les vergers de la plaine de la Mitidja. Les orangers au garde-à-vous. Un nuage de coquelicots oublié dans un pré. La silhouette d'un paysan, le fusil à l'épaule, près d'une carcasse de voiture calcinée. La ruine toute fraîche d'un marabout. La guerre couleur citron. Malgré l'heure matinale, le soleil était haut. La jeune femme enleva sa veste de cuir et la posa à côté d'elle, sur la banquette en skaï orangé. Elle regarda sa montre. Emna devait être levée. Elle avait dû trouver le mot, laissé bien en évidence sur la table de la cuisine. Si tout allait bien, le train arriverait à Oran avant la fin de l'après-midi.

Le mieux, songeait Alya, serait d'aller directement chez l'oncle Omar. Pas question, évidemment, de parler de la lettre qu'avait reçue Emna. Et encore moins de cette histoire d'armes planquées dans de la semoule. Personne ne devait se douter de ce qu'elle savait. Elle jouerait la comédie. Si le train n'arrivait pas trop tard, elle aurait peut-être le temps de passer chez Juanita la couturière ? Sa mère avait forcément laissé des traces. La vieille Juanita était la dernière personne à l'avoir vue vivante. Alya soupira et se remit à lire.

Elle avait acheté une demi-douzaine de journaux, avant de monter dans le train. Rien que des titres en français. Alya ne lisait pas l'arabe. Sa voisine, une matrone sans âge, au visage rond et doux, tira un couffin du dessous de la banquette, plongeant les bras dans un fouillis d'objets entortillés dans du papier journal ou protégés par des sacs en plastique. Elle se redressa péniblement, en ahanant, et adressa un large sourire à Alya. Elle tenait, dans une main, un thermos chinois orné de fleurs roses, et, dans l'autre, une grosse galette de pain doré. Elle tendit un gobelet à Alya sans même lui demander son avis.

Tout en buvant le thé brûlant, la jeune femme jeta un coup d'œil autour d'elle. Le compartiment était à moitié vide. Affalé sur une banquette, un peu plus loin, un vieux ronflait, la bouche ouverte. Il était monté à Khemaïs Miliana. Emmitouflé dans un burnous marron, il tenait un chapelet enroulé à ses doigts. Son turban tressautait à chaque secousse. Alya ouvrit un journal. Debout près des portières, à l'extrémité du wagon, un groupe de jeunes garçons bavardaient avec animation, en faisant de grands gestes. Ils parlaient de foot. Ils étaient tous en jean, avec des sweat-shirts portant le sigle d'universités américaines. De temps en temps, l'un d'entre eux ponctuait son beuglement d'un rire pétaradant et jetait un regard furtif vers Alya. Celle-ci, plongée dans ses journaux, faisait semblant de ne rien voir.

Elle lisait en fronçant les sourcils, clignant des paupières pour s'empêcher de somnoler. Les gros titres tremblaient comme le turban du vieux. « Terrorisme résiduel... », « le potiron en cinq recettes... », « trente et un villageois égorgés et décapités... », « fils de harkis... » Alya s'endormit sans s'en apercevoir. Elle fit un mauvais rêve. Un groupe de jeunes islamistes, dont elle ne voyait que le dos, s'acharnaient à coups de couteau sur une courge hurlante. Le légume, étrangement vivant, se débattait en vain. Une bouillie orangée envahissait la ville, dévalant des hauts d'Alger jusqu'aux ruelles de Bab El Oued. Puis les tueurs se retournaient, d'un bloc. Leurs visages ruisselaient de vomi de courge. Ils riaient aux éclats. Et Alya constatait avec terreur que, vus de face, c'étaient des militaires. Leurs moustaches orangées luisaient dans le soleil comme des sceptres d'or.

La jeune femme se réveilla en sursaut. Elle n'avait dormi que cinq minutes, à peine. Sa voisine lui proposa un autre gobelet de thé, mais Alya fit non de la tête. Elle jeta les journaux sous la banquette et se leva. Elle se sentait la tête lourde et l'estomac barbouillé.

Il n'y avait personne dans le couloir. Elle abaissa une vitre et pencha la tête au-dehors, restant un bon moment, les yeux mi-clos, le visage dans le vent. Le train Alger-Oran avait été attaqué plusieurs fois.

Elle le savait, comme tout le monde. Était-ce à cause de ça, qu'elle avait fait ce cauchemar bizarre ? Ou seulement à cause des journaux ? Elle ne voulait penser à rien. Si elle commençait à réfléchir à ce genre de choses, c'était foutu, elle laisserait tout tomber et prendrait ses jambes à son cou. Ce pays n'était plus qu'une immense roulette russe.

— Tu es malade ?

Alya sursauta et rentra brusquement la tête dans le couloir.

— Tahar ! Non, je prenais un peu l'air... Mais qu'est-ce que tu fais là ?

— La même chose que toi, je vais à Oran, s'esclaffa le jeune homme. J'étais dans le wagon d'à côté. J'ai eu envie de me balader un peu. Heureusement ! Sinon, on se serait loupés.

Le cousin d'Alya se dandinait d'un pied sur l'autre, riant gauchement, comme quelqu'un qui vient de faire une blague et n'est pas sûr de son effet. Il était allé chez le coiffeur depuis la dernière fois, remarqua Alya. Il s'était fait couper les cheveux très court, ce qui faisait ressortir la maigreur de son visage et accentuait son air adolescent. Il était vêtu d'un tee-shirt à rayures et d'un blouson de toile beige. Il portait, accroché à l'épaule, un sac de sport bon marché.

Tahar et Alya avaient presque le même âge — vingt-quatre et vingt-six ans. Bien que cousins, ils se connaissaient mal et n'avaient guère de points communs. Ils se croisaient une fois tous les deux ou trois ans, pendant les vacances d'été, quand Alya venait en Algérie. Elle n'allait pas souvent à Oran et il se rendait rarement à Alger. Il n'aimait pas l'ambiance de la capitale. Tahar n'avait pas revu sa cousine depuis la fameuse scène chez l'oncle Hassan, deux jours auparavant, quand Alya avait découvert le cadavre, non pas de sa mère, Yolande, mais de Fatima, la première épouse de son père. Quelle corrida ça avait été !

— Tu as dû me prendre pour une folle, l'autre jour ! sourit Alya, comme si elle devinait ses pensées. N'empêche ! il y avait de quoi, non ?

Tahar ne répondit pas. D'un signe de tête, il désigna deux banquettes libres, dans le compartiment voisin. Alya alla récupérer sa veste en cuir et ses journaux, et le rejoignit aussitôt. Ils s'assirent près de la fenêtre, l'un en face de l'autre.

— L'idée d'aller à Oran m'est venue sur un coup de tête, expliqua Alya. C'est idiot, je sais bien. Ça ne va pas faire revenir ma mère. Mais ça m'a pris, comme ça. Je me suis réveillée ce matin et j'ai filé directement à la gare, sans même savoir s'il y avait un train et sans prévenir personne, mentit-elle.

— Tu veux dire que, pour ton père, tu n'es pas au courant ? bafouilla Tahar, stupéfait.

— Quoi, mon père ? Alya avait pâli.

— Il va bien, il va bien, rassure-toi ! cria Tahar, en levant une main apaisante. Il a eu chaud, mais il va bien !

En quelques mots, le jeune Oranais raconta à sa cousine la tentative d'assassinat, perpétrée la veille contre Hassan Benabdallah. Alya l'écoutait, les yeux exorbités.

— Il est à l'hôpital Mustapha, on lui a fait des

plâtres, conclut le jeune homme. Deux jambes cassées, ce n'est rien du tout ! insista-t-il, avec une gentillesse pataude.

— Mais les barbus, s'ils le retrouvent ? Ils vont lui faire la peau ! s'écria Alya, affolée.

— Oh ! ça ne craint rien ! siffla-t-il, méchamment.

Le visage de Tahar s'était subitement renfrogné. Le masque de sympathie qu'il avait arboré, tout à l'heure, en rencontrant sa cousine, avait fondu comme neige au soleil. Alya était trop énervée pour le remarquer.

— Il a deux policiers dans sa chambre. Deux flics pour lui tout seul, un de chaque côté du lit ! Ils ont dit qu'ils allaient rester jour et nuit, ajouta Tahar, d'une voix maussade.

Alya demeura silencieuse, fixant la banquette devant elle, sans rien voir. Elle essayait de ne pas pleurer. Tahar l'observait, l'œil mauvais. Un léger tic plissait ses paupières.

— À ton avis, pourquoi ils ont fait ça ? Mon père n'a jamais eu de problème avec personne.

Elle avait posé la question sans réfléchir, juste pour briser le silence. Elle se mordit les lèvres, comprenant brusquement son erreur. Trop tard ! Les mots étaient partis tout seuls. Furieux, le jeune homme détourna les yeux. De la sueur perlait à son front.

— Comment tu veux qu'on le sache ? répondit-il, l'air excédé. Ghania non plus, elle n'avait jamais eu de problème avec personne !

Son visage s'était contracté, défiguré par la haine. Il respirait bruyamment. Alya, à son tour, détourna les yeux, mal à l'aise. Quelle gaffeuse elle faisait ! Son cousin avait été très choqué par la mort de sa sœur. Tout le monde le savait. C'était un gosse fragile. D'après ce qu'avait raconté la famille, il était resté prostré pendant plusieurs jours, assommé de douleur, refusant de boire et de manger. Il avait fallu le menacer du médecin pour qu'il se ressaisisse.

Tahar Benabdallah adorait sa petite sœur. Ghania était une adolescente timide, plutôt mignonne. Depuis qu'ils étaient mômes, le frère et la sœur ne s'étaient jamais quittés. Il veillait sur elle, avec une jalousie maladive. Il la gourmandait sans cesse et avait même essayé, un moment, de la convaincre de mettre le voile. Elle avait refusé gentiment. Elle passait son temps à le taquiner, fière, au fond, de ce grand frère ombrageux et protecteur, qui l'emmenait se baigner aux Andalouses et se promener, le soir, sur la Corniche. Elle raffolait du *créponé*. Ils s'asseyaient face à la mer, à la terrasse du « Grand Balcon » ou du « Cordoue » — leurs crémeries préférées. Dans la famille, on les avait surnommés « les inséparables ». Jusqu'au jour où Tahar était parti en stage à Mostaganem. Il logeait sur place, pendant la semaine, et ne revenait que le jeudi, pour le weekend. Ghania avait été enlevée un mardi, en fin d'après-midi.

On l'avait retrouvée le lendemain, à la sortie de la ville, dans un champ d'oliviers, le corps à moitié nu, lardé de coups de couteau. Le quotidien oranais *El Joumhouria* avait publié une photo du cadavre, recouvert d'un drap, avec un article sur six colonnes dénonçant l'« odieux assassinat » commis, affirmait-on, par les tueurs « afghans » du Groupe islamique armé (GIA). À Alger, le *Moujdahid* avait publié, en première page, comme pour mieux choquer les lecteurs, une photo de Ghania, en gros plan, le visage tuméfié et les yeux entrouverts.

Dans l'une de ses lettres, la mère d'Alya lui avait envoyé des coupures de journaux. Elle ne se doutait pas qu'elle-même... Alya réprima un sanglot. Non, sa mère n'était pas morte ! Si elle avait été victime d'un commando intégriste, on aurait déjà retrouvé son cadavre, cela ne faisait aucun doute. Contrairement à la pauvre Ghania, elle était en vie. La preuve : cette lettre postée d'Oran, qu'Emna venait de recevoir, plus de dix jours après la disparition.

Quand le train arriva en gare de Chlef, Tahar et Alya étaient toujours assis l'un en face de l'autre, le regard absent, comme deux étrangers. L'irruption du contrôleur les fit sursauter. Alya tendit son billet. Tahar farfouilla dans ses poches et extirpa le sien, soigneusement plié en deux. Il avait des mains grandes et fines, un peu osseuses. Une bague en or brillait à l'auriculaire de sa main gauche. Tahar surprit le regard de sa cousine. Sa bouche se crispa.

— C'était à ma sœur, dit-il rageusement.

Puis il enfouit ses mains dans les poches de son blouson, avec une ostensible mauvaise humeur. Alya lâcha un soupir agacé. Pas possible d'être aussi susceptible ! Sauter au plafond pour un simple regard, il faut franchement être malade ! La psychothérapie, ce n'est pas fait pour les chiens ! Son cousin en aurait eu sacrément besoin. Mais après tout, s'il était chtarbé à ce point-là, c'était son problème. Elle avait suffisamment de soucis pour ne pas s'encombrer la vie avec ceux des autres. Elle sortit un livre et l'ouvrit. C'était un vieux polar de James Gunn, *Tendre femelle*, qu'elle avait trouvé chez Emna. La tête penchée vers ses genoux, le visage protégé par le livre, elle se mit à pleurer sans bruit.

*

L'entrée de l'immeuble était sale. Des détritus divers, papiers froissés, épluchures, mégots, boîtes de conserve vides, jonchaient le sol de marbre. On distinguait à peine, sous ce tapis de crasse, le souvenir flétri d'un élégant damier de dalles noires et blanches. Une forte odeur d'urine flottait dans le couloir mal éclairé.

Taoufik tentait de déchiffrer les noms de famille, gribouillés sur les boîtes aux lettres. Il finit par trouver celui qu'il cherchait : Areski. Le numéro de palier n'était pas mentionné, mais ce n'était pas grave. L'immeuble n'avait pas plus de cinq étages. Au premier, deux gamines, assises sur une marche, gazouillaient avec vivacité, passant du chuchotis à la déclamation. Dès qu'elles virent Taoufik, elles stoppèrent net.

— Tu sais où habite la veuve Areski ? dit-il à celle qui lui semblait la plus âgée.

La fillette devait avoir sept ou huit ans. Sa copine, une grosse poupée aux yeux malicieux, se mit à pouffer de rire. La grande la rabroua d'un coup de coude et se leva, intimidée. Elle désigna du doigt l'étage du dessus puis se mit à monter l'escalier.

Taoufik la suivit. La veuve Areski habitait au quatrième. La fillette tendit le bras pour lui montrer une porte et s'éclipsa sans dire un mot.

Était-ce pour échapper à l'ambiance macabre qui régnait depuis l'aube chez les Touati, que Taoufik avait proposé à la vieille Souad d'aller rue Bouzrina pour chercher son amie ? Les deuils l'oppressaient. Les hurlements des femmes, le défilé des pleurs, la raideur constipée des hommes, tout ce rituel de la douleur, indispensable et vain, le mettait mal à l'aise. Et puis, sans trop savoir pourquoi, il se sentait coupable. C'est à cause de lui que le vieux était mort. L'assassinat de Rabah Touati n'était-il pas une réponse à toutes les questions indiscrètes qu'il lui avait posées la veille ? N'avait-il pas suggéré au vieux que son boulot risquait de devenir « dangereux » ? Il avait beau essayé de s'en défendre, il était persuadé d'avoir, sans le vouloir, porté la poisse au vieil ami de son père.

Tout en se faisant ces réflexions, Taoufik sortit un petit peigne en plastique jaune de la poche arrière de son jean et se recoiffa rapidement. Il fixa la porte à double battant d'un œil morne. Les flics allaient sûrement l'interroger. La vieille Souad avait déjà dû leur parler de sa visite d'hier au soir. Il se rendit compte soudain qu'il était le dernier témoin à avoir vu Rabah Touati vivant. Il remit le peigne à sa place et appuya sur la sonnette. Un son grêle retentit. Il datait, comme l'immeuble, de l'époque coloniale.

Taoufik était à deux doigts de rebrousser chemin, persuadé de s'être trompé de porte, quand il entendit, à l'intérieur de l'appartement, des pas qui s'approchaient. Un des battants s'ouvrit sur un jeune homme aux cheveux coupés très court, qui lui jeta un regard soupçonneux.

— Je viens de la part de Mme Souad Touati, c'est une amie de votre mère. Je suis bien chez Mme Areski ? dit Taoufik.

— Ouais, pourquoi ? Qu'est-ce que vous lui voulez à ma mère ? C'est drôlement tôt pour la déranger, souffla le gosse.

— Je sais, mais c'est urgent. Le mari de son amie Souad a eu un accident, insista Taoufik.

Le fils Areski le considéra pendant quelques secondes, sans se décider à le laisser entrer. Taoufik haussa poliment les sourcils, observant le gamin avec une impatience grandissante. Avec ses airs de petit coq veillant sur sa basse-cour, ce jeune blanc-bec commençait à lui mettre les nerfs en pelote. Il devait avoir dans les vingt-cinq ans, pas plus, calcula machinalement Taoufik. Son survêtement bleu marine le faisait ressembler à un *Ninja* — moins la cagoule et le flingue. Il portait une boucle d'or à l'oreille, eut aussi le temps de noter Taoufik. Une voix de femme, lointaine et haut perchée, s'éleva à ce moment-là, interrompant l'échange de civilités.

Il y eut un claquement de porte, le bruit d'une fenêtre qu'on ferme, un trottinement léger sur le carrelage, puis une femme apparut. Elle était vêtue d'un peignoir en éponge rose fuchsia, chaussée de babouches noires en peluche, et sa tête était coiffée d'un turban, artistement entortillé, d'un jaune très pâle, chiné de gris. Le visage, vaguement couperosé, avait le charme fané des roses vieillissantes. Les yeux étaient légèrement exorbités. À part ça, la veuve Areski portait ses soixante-cinq printemps comme si elle n'en avait que cinquante.

— Je viens de la part de Mme Souad Touati. Son époux a eu un accident, répéta Taoufik.

— Ô mon Dieu ! Entrez vite... Mon chéri, apporte un peu de café. Il y en a du chaud dans la cuisine, lança l'hôtesse.

D'un gracieux mouvement du menton, elle désigna la pièce voisine. Le salon était meublé d'immenses fauteuils de velours moutarde et d'une longue table basse, recouverte d'un napperon blanc.

— Asseyez-vous, monsieur.. ? Je n'ai pas retenu votre nom.

— Taoufik Benslimane, madame.

— Prenez place, je vous en prie.

— Mon père et M. Rabah Touati étaient très amis...

Tandis que Taoufik commençait à parler, racontant le drame à grands traits, le fils de la maison était rapidement revenu de la cuisine et avait déposé sur la table un grand plateau de café. La veuve les servit. Taoufik fit une pause puis reprit son récit. Le fils Areski, une tasse à la main, écoutait attentivement, le visage impassible.

— Mais comment a-t-on pu faire ça ? Égorger un vieillard... Quelle horreur, mais quelle horreur, mon Dieu ! répétait la veuve, en roulant des yeux épouvantés.

Un léger bruit leur fit lever la tête. Un adolescent se tenait sur le pas de la porte, les yeux bouffis de sommeil. Visiblement, il sortait du lit. En les voyant, il sursauta.

— Va dans la cuisine te prendre un bol. Il y a du lait dans la casserole, dit la veuve Areski.

Le gamin tourna les talons.

— Si cela ne vous fait rien, monsieur Benslimane, je vous laisse une minute, le temps de m'habiller. Puis nous irons ensemble chez cette pauvre Souad. Surtout, resservez-vous, n'attendez pas que ça refroidisse, ajouta-t-elle en se levant.

Taoufik acquiesça poliment. Le fils Areski s'était levé aussi.

— C'est ton frère ? dit Taoufik, en désignant la porte de la cuisine.

— Non, un copain. On a regardé une vidéo, hier soir, et comme c'était tard, il a dormi ici, lâcha le jeune homme, visiblement pressé de quitter la pièce.

Taoufik soupira. Le café était bon et il en reprit une tasse, faisant bien attention à en laisser un peu pour le petit. C'était pure politesse. Il savait, sans pouvoir se l'expliquer clairement, que le gamin entrevu tout à l'heure ne ferait pas d'autre apparition. En le voyant, le gosse avait eu peur. Taoufik avala une gorgée de café. Il avait déjà vu cette tête quelque part. Mais où ? Il devait faire un effort de mémoire. Il devait à tout prix... Taoufik se leva.

Par la fenêtre, on voyait une partie des quais et de l'Amirauté — interdite aux civils. Des mouettes s'ébrouaient au-dessus de l'eau scintillante, petites taches claires rasant l'écume. Le ferry *Liberté* venait d'accoster. Minuscules fourmis, les passagers avançaient en file indienne sur la passerelle, tandis que l'arrière du bateau crachait une à une, comme des noyaux d'olives, les voitures garées dans la soute. Le journaliste sortit une cigarette, puis se ravisa et alla cueillir, dans l'assiette posée sur la table, une corne de gazelle.

Au fond du salon, trônant discrètement sur un guéridon, étaient exposées quelques photos de famille. Feu Monsieur flanqué de Madame, lui debout, elle assise, souriant gauchement en noir et blanc. Puis des photos d'enfants. Taoufik reconnut sans peine le fils de la maison et sa mine boudeuse. Il y avait aussi des photos de filles, dont deux semblaient nettement plus âgées que leur frère. La troisième, apparemment la cadette, riait aux éclats, debout sous un pin parasol.

La mort du père et les mariages des filles ont vidé la maison, songea Taoufik.

— Allons-y, monsieur Benslimane, interrompit l'hôtesse.

Taoufik passa devant, laissant la veuve Areski tirer derrière elle le battant de la porte. Elle s'était habillée d'une grande djellaba grise mais n'avait pas pu résister à se couvrir la tête d'un foulard chatoyant, d'un vert quasi fluo.

*

Un car Renault flambant neuf, du même bleu marine que l'uniforme des policiers qui avaient pris place à son bord, stationnait au carrefour, à côté du kiosque à fleurs. Il était trois heures de l'après-midi et les arums n'en pouvaient plus, courbant le col sous la chaleur. Assis un peu plus loin, sous un porche d'immeuble, un marchand de chewing-gum somnolait à l'ombre de son petit auvent de toile. Il n'y avait guère que les policiers que le soleil rendait nerveux. Même la circulation était molle.

La veste sur l'épaule, Taoufik remonta lentement la rue bordée de petites villas. Le hangar où Rabah Touati avait été égorgé, la nuit dernière, se trouvait un peu plus haut, en bordure d'un terrain en friche. Surplombant les pins centenaires et les débordements de bougainvillées, un minaret pointait son doigt sentencieux vers le ciel. La mosquée, de construction récente, était peinte en blanc, avec des liserés vert amande. La femme du vieux Rabah lui avait dit de se repérer sur le minaret.

— Tu cherches quelque chose, fiston ?

Affalé sur un siège arrière de voiture, posé à l'ombre, contre le mur, un gros type en marcel héla familièrement Taoufik. La façade de l'ancienne station d'essence, dont il semblait assurer la garde, s'ornait du souvenir d'un Bibendum géant, presque totalement effacé. Taoufik s'approcha. Le type lui souriait.

— Je cherche le hangar où a été tué Rabah Touati, vous devez le connaître, c'était le gardien de nuit.

— Ouais, peut-être bien ! soupira le malabar, en s'épongeant. Et pourquoi que vous voulez y aller ? Il n'y a plus rien à voir, c'est fini. Même les flics sont partis.

— Ah bon, dit Taoufik en se grattant la tête. À

vrai dire, je ne sais pas. Le vieux, je le connaissais. Nos fa.. Nos fam... Nos familles sont amies. Da.. Da.. D'ailleurs, je viens de... de... de chez eux, lâcha Taoufik.

— Ah ce truc-là, je connais ! Mon fils fait pareil : dès qu'il a un coup d'émotion, il a des ratés, il ne sait plus parler, s'exclama l'employé du garage, attendri.

Taoufik, gêné, se sentit rougir jusqu'aux oreilles.

— Tenez, buvez donc un peu de limonade. Elle n'est pas très fraîche, mais je n'ai rien de mieux ! dit le gros en lui tendant une canette de Pepsi entamée. Comment vous vous appelez ? Moi, c'est Lounès.

La boisson était tiède, mais Taoufik en avala quand même une longue gorgée. Il se sentait mieux. Pendant ce temps, Lounès s'était extirpé de son fauteuil improvisé. Ruisselant, haletant, il s'essuya longuement les mains sur son pantalon puis commença à s'éponger le cou, les épaules et les aisselles avec un grand mouchoir d'une propreté douteuse. L'opération lui prit un certain temps. Taoufik le regardait faire, un peu éberlué.

— Bon, allez, je vous emmène voir ce putain de hangar, lança finalement le gros, en enfournant le mouchoir humide dans une poche de son pantalon. On ne reste pas longtemps, hein ? Normalement, je ne dois pas laisser la station sans surveillance. C'est vrai qu'à cette heure-ci, il n'y a pas bézèf de clients, mais quand même...

Le rideau de fer de la remise était baissé, mais la porte sur le côté était restée entrebâillée. Le gros passa devant. Ils mirent quelques secondes à s'habituer à l'obscurité qui régnait à l'intérieur. Parmi les ombres informes qui peuplaient l'entrepôt, Taoufik distingua un fauteuil défoncé, installé près de l'entrée. Lounès et lui avançaient à tâtons, sans parler. Un bourdonnement insistant les mit rapidement sur la piste. Un nuage d'insectes vibrionnait à ras du sol, là où le vieux Rabah avait été tué. On avait jeté de la terre à l'emplacement du corps, comme on fait pour les accidents de la route. Mais cela n'avait pas suffi à décourager les mouches. Les deux hommes s'éloignèrent.

— On dirait des traces de pneus, souffla Taoufik, qui s'était déplacé vers le fond du hangar et montrait un endroit du sol.

— Pardi, les pneus des fourgonnettes ! répondit Lounès d'un ton placide.

— Des fourgonnettes ? dit Taoufik brusquement. Combien il y en avait ? On les a volées ?

— Mais ma parole ! On dirait que monsieur veut mener sa petite enquête ! siffla le gros, hilare. Je veux bien te raconter ce que je sais, mais avec cette chaleur... ajouta-t-il avec un clignement de l'œil. Le Pepsi, ça va bien cinq minutes, hein ! Enfin, c'est à toi de voir. Si tu veux, on fait donnant, donnant. Tu payes à boire et je te raconte.

Une petite heure plus tard, Taoufik était de retour. Il portait un grand sac en papier. La chaleur commençait à s'estomper. L'air embaumait, chargé du parfum des pinèdes.

— Pastis et Kronenbourg ! On s'installe où ? murmura le journaliste, après s'être assuré que personne ne les regardait. Il était en nage.

— Tu vois la cabane, là-bas, au fond du terrain vague ? Le temps de prendre des glaçons, de fermer la boutique et je te rejoins ! répondit le gros, avec un sourire satisfait.

Tandis que Taoufik s'éloignait avec le sac de bouteilles, Lounès sortit le mouchoir de sa poche et commença à s'éponger avec volupté.

*

— Des crevettes à la provençale — et vous ne lésinez pas sur la sauce, comme l'autre fois, hein ? —, une assiette de calamars dorés, deux belles tranches d'espadon — bien épaisses, surtout —, des rougets grillés et une petite friture pour le gosse. Vous nous mettrez aussi une salade de tomates, en entrée. Après, avec le poisson, on prendra des frites. C'est tout noté ? tonna l'énorme cliente de sa voix de stentor.

Le serveur acquiesça, résigné, et relut la commande. Emna Aït Saada écouta attentivement, puis hocha la tête avec satisfaction.

— Et vous nous apportez une bouteille de Mouzaïa ?

Le serveur ajouta l'eau minérale et se précipita avec une lenteur étudiée vers le fond de la salle, où se trouvait la porte à battant des cuisines. Le restaurant donnait sur la mer. Par les baies vitrées, on voyait la rade, avec les barques de pêcheurs, tanguant doucement près du quai. Il était presque treize heures. Des garçons étaient assis en bande, sur les rochers de la jetée. Pas une seule fille parmi eux. Les plus petits plongeaient dans l'eau noire, surgissant des vagues en hurlant. Le jeudi après-midi, il n'y avait pas école.

Malgré la légère brise venant de la mer, il régnait une chaleur lourde, épaisse, qui faisait trembler l'air. La main en visière au-dessus des yeux, le vieux gardien de voitures arpentait le quai. Il boitait. Un groupe de gosses le suivaient à quelques mètres de distance, l'agaçant de leurs quolibets. Un des gamins, plus hardi que les autres, lui lança un caillou. Soudain, le vieux se retourna et les menaça de sa canne. Les gosses s'enfuirent en piaillant, comme une volée de moineaux.

La salle à manger était décorée de filets de pêcheur, avec des étoiles de mer en plastique. Au début, Hocine avait cru qu'elles étaient vraies. C'était la deuxième fois de sa vie qu'il allait au restaurant. Il avait mis sa chemise neuve et s'était passé un peu de gomina dans les cheveux, qu'il avait peignés bien à plat, en les plaquant vers l'arrière. Il se tenait très droit, les mains posées sur la nappe en papier. Assise à côté de lui, la vieille Nanna semblait perdue dans ses pensées. Ses lèvres remuaient toutes seules.

Elle portait son habituelle djellaba saumon, mais elle avait noué sur ses cheveux un foulard en synthétique, très léger, d'un blanc crémeux, et mis ses lunettes de soleil « du dimanche » (c'était son expression), une vieille paire des années 30, très chic, aux montures effilées, en forme d'ailes d'oiseau. Son visage était légèrement penché, comme si elle écoutait quelque chose, un bruit ? une voix ? perceptible par elle seule. Emna Aït Saada se mit à grignoter une tranche de pain. Elle aussi portait une djellaba. La sienne était d'un rouge très sombre. L'été, c'était le vêtement idéal. Elle trempa un peu de mie de pain dans la soucoupe de harissa.

Le manège de la vieille l'intriguait. Elle y sentait comme un mauvais présage. Le silence de Hocine l'étonnait aussi. Lui qui était si bavard, d'habitude ! Mais son instinct lui souffla de ne rien bousculer. Si Hocine avait quelque chose à lui dire, cela viendrait tout seul. À la table voisine, un couple finissait de déjeuner. Entre deux bouchées, ils échangeaient de lourds regards énamourés, totalement imperméables à ce qui les entourait. Hocine toussota, comme pour s'éclaircir la voix.

— Tu veux un peu d'eau, Hocine ?

— Oui, je veux bien.

Emna Aït Saada remplit leurs trois verres et attendit la suite. En face d'elle, le gosse se tortillait sur sa chaise, regardant à droite et à gauche, comme pour vérifier qu'on ne les espionnait pas. Puis il se jeta à l'eau.

— Tu crois que ça craint, ici, pour les mouchards ? souffla-t-il en direction d'Emna.

— Tout dépend... Ton truc, c'est quelque chose qui se dit ou qui s'écrit ? répondit l'Imposante.

— C'est une carte postale.

— Alors, tu peux y aller. Même si le restaurant est bourré de mouchards, cela n'a pas d'importance. Aucun de ces cafards ne sait lire — surtout pas à distance !

Hocine sortit la carte de sa poche et la lui tendit. La photo, un peu floue, représentait un des endroits les plus célèbres d'Oran, l'ancienne place d'Armes, aujourd'hui place du Premier-Novembre. Emna Aït Saada chaussa ses lunettes. Le texte était très court, rédigé sous une forme elliptique : « Oran, mi mai. Ghania attend heureux événement. Son fiancé Rachid, collègue de notre vieil ami La Roussette, a raison d'être fier. Familles, je vous hais ». Le message était signé des initiales Y.B. et la carte, portant l'adresse de Hocine et sa grand-mère, était adressée « à Emna A.S., aux bons soins du petit Hocine ». Selon le cachet de la poste, elle datait d'il y a trois jours.

— Tu l'as reçue ce matin ? demanda l'Énorme.

— Oui, le facteur est passé vers onze heures.

Emna Aït Saada relut attentivement la carte postale mais ne fit aucun commentaire. Le garçon arrivait avec les entrées. Il posa le plat de crevettes, l'assiette de calamars, et revint quelques secondes plus tard avec la salade de tomates. À la table voisine, les deux énamourés sirotaient leur café. Emna Aït Saada servit la vieille et le gamin, puis passa elle-même à l'attaque, engloutissant les hors-d'œuvre avec une voracité placide. Hocine lui jetait des regards étonnés. Il se sentait vaguement déçu. C'est tout l'effet que ça lui faisait ? Une carte postale d'Oran, signée Yolande Benabdallah, arrivait ce matin, par la poste, et elle ne disait rien ! Elle restait là, à mastiquer comme...

— Toi qui lis beaucoup, Hocine, tu vas pouvoir me renseigner, lança soudain la géologue, la bouche à moitié pleine. Cette phrase — je te la cite de mémoire : « L'honneur de la tribu, on l'a placé dans le con de nos femmes », elle est bien de Mouloud Mammeri, non ?

Le gosse la regarda, interloqué.

— Possible, oui. Il faudrait que je vérifie, bafouilla-t-il.

— Il faudrait aussi que tu arrêtes de me reluquer comme si j'étais une demeurée. Chez moi, la mastication active les neurones, ajouta Emna Aït Saada, d'un ton léger. Tu n'aimes pas les calamars ?

— Euh, si...

— Eh bien alors, qu'est-ce que tu attends ? Que ça soit froid ? Et ressers ta grand-mère, pendant que tu y es.

Abasourdi, Hocine se pencha vers l'assiette de calamars. Il était rouge de confusion. Une goutte de jus éclaboussa son col. Il le nettoya avec maladresse.

— Maintenant, mon garçon, concentre-toi. Est-ce que le nom de « la Roussette » te dit quelque chose ? continua Emna Aït Saada, avant d'enfourner un trio de crevettes.

Ses manières n'avaient pas changé, mais elle avait baissé la voix. Elle regardait Hocine avec rudesse, comme pour lui intimer l'ordre de suivre son exemple et de ne pas parler trop fort.

— « La Roussette », non. Mais « le Roussi », oui. C'est lui qui dirige le commissariat de Clos-Salambier. En vrai, il s'appelle Messaoud. Tout le monde le connait dans le quartier, chuchota le gamin, subjugué.

— Tu l'as vu souvent chez les Benabdallah ?

— Non, jamais. De toute façon, cela fait des mois qu'on ne le voit plus. Il parait qu'il a déménagé à Kouba. Avant, il allait au café, le soir, avec les autres. Tout le monde se retrouvait au Palmier, pour jouer aux dominos ou pour regarder les matches de foot à la télé.

— Qui ça, « tout le monde » ?

— Les gens du quartier, les pères de famille, quoi ! M. Bendabdallah, avant, il y allait tous les soirs.

— Et Rachid, ça te dit quelque chose ?

— Pas vraiment. À part le fils du laitier, je ne connais pas de Rachid.

Le regard pensif, Emna Aït Saada finit de sucer ses doigts pleins de sauce. Elle se pourléchait en faisant claquer sa langue. Le petit Hocine la dévisageait avec une ferveur avide.

— La carte, ça veut dire qu'elle est vivante, non ? s'enhardit-il.

La géologue allait répondre, mais elle fut brutalement interrompue par la grand-mère. Celle-ci se mit à pousser un cri étrange, à mi-chemin entre le gargouillis et le chant de la baleine. Dans la salle à manger, toutes les têtes se tournèrent d'un seul mouvement. Chacun fixait, pétrifié, le visage exalté et creusé par l'effroi de la vieille pythie.

CHAPITRE VII

— Sur le coup, s'exclama Emna Aït Saada, j'ai cru qu'elle faisait une attaque. Hocine n'arrêtait pas de répéter qu'elle voyait la mort arriver. Mais je me trompais ! La mort qu'elle voyait, c'était celle de ce pauvre Hassan Benabdallah — pas la sienne !

La géologue s'arrêta un instant. Mina, la vieille bonne, venait de poser sur la table une grande carafe d'eau fraîche. Elle servit sa patronne, jeta un regard navré sur l'invité, et s'éclipsa vers la cuisine.

— D'après le gosse, reprit la Géante, ce n'est pas la première fois que ça arrive. La vieille a un don avec les gens qui l'entourent : dès qu'ils sont en danger physique, elle le sent. Elle entre en transe, comme si elle habitait à la fois le corps de la victime et celui du bourreau. Elle voit tout ce qui arrive. Absolument tout. *Ya robbi*, c'est incroyable !

Tout en parlant, elle surveillait Taoufik Benslimane avec appréhension, comme si elle craignait, précisément, que le journaliste ne prenne pas son histoire au sérieux. Sa main droite pétrissait fébrilement une boulette de mie de pain. Taoufik hocha silencieusement la tête, pour montrer qu'il écoutait avec attention. Il saisit la bouteille de Mascara et remplit de nouveau son verre. Emna Aït Saada poursuivit son récit d'une voix tendue.

— C'était comme un film qu'elle nous aurait commenté en direct : les trois types qui arrivent à l'hôpital Mustapha, qui entrent dans le pavillon, déguisés en infirmiers. Et qui empruntent tranquillement le couloir conduisant vers les chambres. On aurait dit que la vieille voulait avertir quelqu'un du danger. À un moment, elle a même essayé de héler une femme de ménage. Elle criait : « Ne les laisse pas passer ! Ne les laisse pas passer, ils vont le tuer ! » comme si elle espérait que la femme de ménage l'entendrait et empêcherait les tueurs de continuer leur route. Nous, dans le restaurant, on était pendus à ses lèvres — les clients, les serveurs, le patron, tout le monde. La vieille était comme possédée. Elle parlait les yeux fermés, sans omettre un seul détail. Elle nous a raconté comment les intégros ont réussi à assommer les flics. Et comment ils ont tué le pauvre Hassan — tu imagines : deux qui le bâillonnent et l'empêchent de bouger, et le troisième qui l'égorge. Elle a tout expliqué, au moment même où ça se passait — et sans erreur ! Parce que, d'après les gens de l'hôpital, c'est exactement comme ça que les choses se sont passées !

— Purée, c'est dingue ! répondit Taoufik, en panne d'inspiration.

Des vestiges de pastilla refroidissaient dans son assiette.

— Tu en reprends ? souffla la Gargantuesque, en

découpant, sans plus attendre, la pâte croustillante, délicatement dorée, dont le fumet sucré embaumait toute la pièce.

Pendant quelques minutes, ils continuèrent à manger en silence. Chacun réfléchissait aux événements des derniers jours. Ils se connaissaient suffisamment pour ne pas se sentir obligés de parler. Emna Aït Saada entama tranquillement sa troisième tranche de pastilla. Taoufik Benslimane sortit un paquet de cigarettes. Il se dit qu'il avait trop bu. Par la fenêtre de l'appartement, le ciel pâlissait lentement, virant au mauve fluo.

Taoufik était arrivé de bonne heure. L'idée de voir Emna le rassurait. Au fil des mois, l'image qu'il se faisait d'Alger avait tellement changé ! Parmi ses amis, beaucoup avaient quitté le pays. Le départ de Nadia et des gosses avait fait aussi un grand vide. Les lieux où il traînait avant — les ruelles de la Casbah, les allées du Jardin d'Essai, les terrasses des cafés près de la fac centrale —, tous ces lieux étaient désormais chargés de menaces. Le soleil lui-même semblait empoisonné. La mort rôdait partout. Jusque dans les couloirs de l'hôpital Mustapha. Pour la première fois, Taoufik Benslimane comprit qu'il avait peur.

Posée par terre, à leurs pieds, la radio crachotait ses petites salades habituelles. Une speakerine de la chaîne 3 vantait d'une voix monocorde les charmes de l'Algérie : « 1 200 kilomètres de côtes, 6 000 kilomètres de frontières... Une destination touristique en plein essor... » Emna Aït Saada éteignit le poste d'un geste agacé. Elle l'avait allumé tout à l'heure, en rentrant, afin de ne pas rater les informations. Des nèfles ! Comme elle s'y attendait, il n'y avait pas eu un mot sur l'assassinat de Hassan Benabdallah. Le journal télévisé de 20 h allait sûrement, lui aussi, passer l'attentat sous silence. Elle s'essuya les lèvres avec mauvaise humeur.

— Et Alya ? Tu as des nouvelles ? finit par demander Taoufik, en reposant son verre de vin.

Il se forçait à prendre l'air dégagé. L'Énorme le remarqua. Elle l'observa un instant, le sourcil froncé, puis tendit sa fourchette vers le plat.

— Elle est sonnée, répondit-elle d'un ton bourru. Je l'ai eue au téléphone, juste avant que tu arrives. Normalement, elle revient par l'avion de demain, avec son oncle et son cousin. L'enterrement a lieu samedi. Son voyage à Oran aura été plus court que prévu, mais finalement, ce n'est pas plus mal.

Elle se leva et revint quelques secondes plus tard avec un plateau de fruits et une assiette de *makrouds*.

— Et toi, tu as eu du neuf ? Tu as vu la femme du vieux Touati ? demanda-t-elle, en épluchant une pêche.

— Ah ! pour ça, je n'ai pas été déçu. C'est toi qui risques de ne pas me croire, ce coup-ci ! dit Taoufik, avec un clin d'œil faussement joyeux.

Il alluma une cigarette, exhalant la fumée avec lenteur. Il lui raconta par le menu sa visite chez les Touati et sa rencontre avec la veuve Areski. Puis sa promenade, l'après-midi, du côté de l'entrepôt. Son visage s'était rembruni. Il avait gardé le plus pénible pour la fin.

— Le vieux Rabah Touati n'a pas été éliminé par les barbus, mais par un tueur à gages. Il a été saigné à l'arme blanche, finit-il par lâcher.

Du regard, la géologue lui fit signe de continuer.

— Dans la nuit de mercredi à jeudi, vers trois heures du matin, c'est à dire environ trois quarts d'heure après l'assassinat du vieux Rabah Touati, les deux fourgonnettes, garées dans l'entrepôt de Hassan Benabdallah, ont été, disons... « réquisitionnées ».

— Quelles fourgonnettes ?

— Celles dont parle Yolande dans sa pseudo-recette de cuisine : des fourgonnettes chargées de sacs de semoule, dans lesquels des armes et des munitions étaient dissimulées. Toute cette marchandise était destinée aux maquis islamistes de la région de Blida. Le vieux Touati était au courant. Comme tout le quartier, d'ailleurs ! Le vieux se contentait de prendre un peu de semoule. Pour le reste, il fermait sa gueule.

— Autrement dit, ce n'est pas pour cette raison qu'il a été tué. Sinon, cela aurait été fait depuis longtemps, soupira l'Éminente, comme si elle se parlait à elle-même. Qui a récupéré les deux fourgonnettes ?

— L'armée, lâcha Taoufik.

— Tu es sûr de tes informations ?

Emna Aït Saada parlait d'une voix égale. La nouvelle n'avait pas l'air de l'émouvoir particulièrement.

— Malheureusement, oui. Ils sont plusieurs à me l'avoir dit, plusieurs types du quartier que j'ai vus séparément. Leurs versions se recoupent. D'abord, il y a l'employé d'une station-service, qui a passé la nuit dans un terrain vague, juste à côté de l'entrepôt. Et puis deux autres habitants — dont un flic en retraite. Ils ont tout vu de leurs appartements. Leur immeuble donne sur l'entrepôt.

— Qu'est-ce qu'ils ont vu, exactement ?

— Un camion militaire et deux Jeeps se sont pointés un peu avant 3 h du matin. Une trentaine de types en uniforme, cagoule sur la tête, sont sortis du camion et ont encerclé l'entrepôt. Quatre d'entre eux ont forcé la serrure et ont pénétré à l'intérieur.

— Comment sais-tu que le vieux Touati était mort ?

— L'employé de la station, un certain Lounès, a vu le cadavre, bien avant que les soldats n'arrivent. Il était en train de cuver son vin, sur un terrain vague, à côté, quand il a entendu du bruit. Il m'a juré qu'il n'était pas ivre, juste gris. Chaque fois qu'il boit comme ça, il passe la nuit dehors. Il dit qu'il ne veut pas que ses enfants le voient dans cet état. Bref, vers deux heures du matin, ce Lounès a entendu un bruit bizarre. « Le bruit de quelqu'un qui courait », selon son expression. Comme il savait que l'entrepôt était gardé, il a trouvé ça curieux et il a décidé d'aller voir. En s'approchant, il a vu un type qui déboulait à toute allure, comme s'il avait le feu aux trousses. Le portail était resté entrouvert.

— Il est entré et il a vu le vieux ?

— Oui. Et ça l'a com.. comp... complètement dess..

— Complètement dessaoulé, OK ! acheva la géologue.

Sa réserve d'alcool était rangée dans un petit coffre en bois peint, sur lequel s'épanouissait un superbe ibiscus en pot. Emna Aït Saada se leva de nouveau et revint à table avec une bouteille de cognac.

— Tiens, bois une goutte de ce remontant, dit-elle, en versant une généreuse rasade au journaliste.

L'air confus, Taoufik prit le verre et le vida d'un trait. Il se mit à tousser, se leva, s'ébroua comme un jeune chien, et retourna s'assoir en soupirant. Son hôtesse le toisa d'un regard froid. Elle mastiquait une bouchée de gâteau à la pistache. Elle déglutit bruyamment, puis enchaîna.

— En somme, selon toi, un tueur à gages aura été chargé de « faire le ménage », en égorgeant le vieux Touati, de manière à ce que les militaires puissent faire leurs petites emplettes en toute tranquillité ?

Taoufik Benslimane opina du chef et déboutonna le col de sa chemise. Il avait chaud.

— Allons plus loin, grogna l'Himalayesque. Sachant que l'armée nationale n'a pas besoin de tuer et de voler pour avoir des fourgonnettes, des sacs de semoule ou des armes, nous devons en déduire que « l'opération Touati » a servi des intérêts particuliers. Ceux d'un homme ou d'un clan. Forcément quelqu'un du sérail. Nous aurions donc affaire à un réseau mafieux, capable d'utiliser l'armée — ses Jeeps, ses camions, ses soldats — à des fins personnelles, sans que personne ne proteste. C'est bien ce que tu suggères ?

Le journaliste poussa un soupir résigné. Cette

gymnastique cérébrale l'épuisait. Imperturbable, la géologue poursuivit son raisonnement.

— Dans ce cas-là, il n'y a pas trente-six solutions. En temps de guerre, pour réussir un coup pareil, il faut être du côté du manche. Ceux qui ont commandité l'assassinat du vieux Touati et récupéré la marchandise des intégros ne peuvent être que des membres de la Sécurité militaire.

Elle avait fini sa phrase lentement, en détachant chaque mot. Un mince sourire flottait sur son visage. Les coudes sur la table, le menton dans les mains, elle regarda Taoufik droit dans les yeux. Le journaliste secoua sa cigarette dans le cendrier.

— Si ce que tu dis est vrai, mieux vaut laisser tomber ! dit-il, d'une voix blanche.

— Je ne crois pas, répondit-elle en se redressant. À moins, bien sûr, que tu n'aies envie de mourir jeune ?

Taoufik lui jeta un regard torve. Il avait mal à l'estomac. Indifférente, la Callipyge promenait ses doigts au-dessus de l'assiette de *makrouds*. Sa main planait et hésitait, tel un aigle à cinq têtes préparant son piqué sur un troupeau d'agneaux.

— Tu en sais trop et tu es journaliste. Cela fait beaucoup pour un seul homme ! ajouta-t-elle, d'un ton méchant. Tu imagines que la SM va laisser ton Lounès et tes deux insomniaques dégoiser librement, sans leur rendre une petite visite ?

— Mais aucun d'eux ne sait qui je suis ! protesta Taoufik.

— OK, admettons. Et ton article pour Amine, tu

l'écris sous pseudonyme ou tu abandonnes carrément ?

Le journaliste se prit la tête dans les mains, fixant son assiette vide d'un air désespéré. Il pensait au mandat pour Tunis. Emna Aït Saada quitta la table et se dirigea vers la cuisine, pour préparer le café. La vieille bonne venait de partir.

— Sucre ?

Taoufik acquiesça et fit tomber un morceau de sucre dans sa tasse.

— Je pourrais peut-être vendre le papier à un canard français, dit-il, après avoir avalé une gorgée de café.

Sa voix était plus ferme. Cette idée lui redonnait courage. Emna semblait perdue dans ses réflexions. Elle ne répondit pas.

— À quoi tu penses ? finit par soupirer le journaliste, avec une pointe d'irritation.

— Je me demandais qui a voulu faire peur à Hassan Benabdallah. Est-ce que ce sont les islamistes ? Ou est-ce un groupe de la SM ?

— Ce sont les islamistes qui l'ont tué...

— Oui, mais cela ne nous dit pas qui a commandité l'assassinat de sa première épouse, Fatima.

— Je ne vois pas le rapport ! s'écria Taoufik.

— C'est justement le problème. Si on voyait le rapport entre ces trois assassinats — celui de Fatima, celui du vieux Touati et celui de Hassan — on serait sorti d'affaire et on saurait où est Yolande, répliqua la Géante. À moins qu'il ne faille remonter jusqu'à Ghania ? ajouta-t-elle, rêveuse.

— Ghania, la nièce de Hassan Benabdallah ?

Celle qui s'est fait assassiner près d'Oran ? Mais qu'est-ce qu'elle vient faire dans cette histoire ? murmura le journaliste, intrigué.

— Peut-être rien, peut-être tout ! assena la Très-Grosse, en fouillant dans son sac à main. Tiens, regarde ce que le petit Hocine a reçu au courrier, ce matin...

Taoufik examina la carte postale et fit une grimace découragée. Emna Aït Saada lui servit une deuxième tasse de café et entreprit de lui expliquer ce qu'elle avait appris, en bavardant ici et là, au sujet du mystérieux « la Roussette » et de l'énigmatique Rachid.

La nuit était tombée depuis longtemps quand ils quittèrent l'immeuble, mais la 4L démarra sans peine. Emna avait prévu de faire un tour au restaurant le Djenné, pour saluer sa vieille amie Zoubida — chez qui elle dormirait. Elle poserait Taoufik en passant, il n'y avait pas de problème, c'était sur son chemin.

*

Taoufik regarda les feux arrière de la 4L disparaître en bas de la côte. La mer brillait au loin, noire et blanche sous la lune. La nuit était silencieuse, à peine troublée par le jappement d'un chien. L'écho des fusillades viendrait plus tard. Taoufik sortit les clés de sa poche et jeta un coup d'œil autour de lui. C'était devenu un réflexe, à Alger : avant d'entrer et de sortir, on regardait bien partout pour être sûr que la voie était libre. Taoufik leva la tête. Il y avait de la lumière aux fenêtres des maisons voisines. Mais personne ne traînait dehors, malgré la douceur de la nuit. Pas un chat dans les rues. Couvre-feu ou pas, dès la fin de la journée, chacun rentrait se barricader chez soi. Taoufik entra, referma le portail métallique derrière lui et verrouilla la chaîne.

Il s'assit un moment sous la tonnelle et respira avec délices le parfum du jasmin. À cette heure, le gros Lounès devait être affalé au pied de son cabanon, en train de se saouler la gueule. Taoufik se mit à rire. Ils n'avaient pas réussi à tout écluser, l'autre soir. Taoufik gloussa nerveusement. Pour un peu, il serait allé le retrouver. Quelle cuite, ils avaient pris à eux deux ! Emna était trop parano, avec ses histoires de SM. Personne n'irait embêter le pauvre gros Lounès, ni les petits vieux de l'immeuble du coin. Les gens comme eux n'avaient pas d'importance. Ce qu'ils avaient vu ou entendu n'intéressait personne. Même Hassan Benabdallah et le vieux Touati, ce n'était pas sûr qu'on en parle. Au maximum, ils auraient droit à un petit entrefilet dans les journaux de samedi, et puis ce serait fini. Taoufik constata avec ennui qu'il ne lui restait plus que trois cigarettes.

N'empêche que ce serait un miracle si ce trouillard d'Amine acceptait de publier l'histoire des fourgonnettes. L'information était bien trop compromettante pour le régime. Sur ce point, Emna avait raison. Taoufik aspira une bouffée de fumée, en laissant l'allumette se consumer entre ses doigts. Comme tous les rédacteurs en chef de ce putain de pays, Amine avait le pouvoir sur le dos. Un galonné derrière chaque journal, un membre de la SM derrière chaque édito, telle était la devise ! Un ou plusieurs, d'ailleurs — et pas toujours les mêmes ! Quant aux assassinats et aux voitures piégées... Taoufik jeta l'allumette par terre. Elle rougeoya encore une fraction de seconde, avant de s'éteindre brusquement. Moi aussi, je deviens parano ! songea le journaliste. Il quitta la tonnelle, gravit le perron de ciment et pénétra dans la maison.

Le salon, une pièce tout en longueur, aurait eu besoin d'un sérieux coup de ménage. Des coussins traînaient par terre et les cendriers débordaient de mégots. Taoufik haussa les épaules et se laissa tomber sur le divan. Une reproduction d'Issiakhem était accrochée au-dessus de la cheminée. Le tableau représentait une femme, silhouette fantomatique émergeant d'un limon gris-bleu. Les yeux mi-clos, Taoufik poussa un soupir d'aise. Le bruit d'une détonation le sortit brutalement de sa torpeur. D'où cela venait-il ? Une rafale suivit, sèche. Puis l'écho lointain d'un mortier. Tout le quartier avait du sursauter, en même temps que lui. D'où partirait la prochaine fusillade ? Taoufik se leva pour aller chercher un verre d'eau à la cuisine. Une boîte de cachets entamée était posée sur l'étagère, au-dessus de l'évier. Il hésita puis avala un comprimé. Il ne lui restait plus qu'à prendre un livre et à se mettre au lit. S'endormir sans penser à rien, sans s'occuper des craquements du plancher ou des bruits du dehors, sans se torturer à cause de l'argent pour Tunis et de la facture du téléphone...

Taoufik retourna au salon pour éteindre la

lumière et s'assurer que la porte d'entrée était bien fermée, avant de monter à l'étage où se trouvaient les chambres. Un bruit de verre brisé retentit soudain dans le silence. Glacé par la terreur, Taoufik ferma les yeux. Cela venait d'en haut. Luttant pour ne pas céder à la panique, il se força à respirer avec le ventre, en expirant à fond, très lentement et par le nez. C'était un des trucs que Nadia lui avait enseigné, un de ces trucs idiots qu'elle-même avait appris de sa prof d'aérobic. Un silence épais, irréel, règnait de nouveau dans la maison. À pas de loup, le journaliste s'avança jusqu'au pied de l'escalier. Il tourna le commutateur pour faire de la lumière et s'élança en hurlant vers le premier étage.

La porte de sa chambre était entrebâillée. Il l'ouvrit d'un coup de pied et s'immobilisa, haletant. Allongée sur le lit, entre le mur et l'oreiller, la chatte le fixait de ses grands yeux absinthe. Nerveuse, elle battait l'air de sa longue queue grise, balayant en cadence le dessus de la table de nuit. Une portée de chatons se bousculaient contre son ventre, se cognant les uns dans les autres en couinant faiblement. Taoufik poussa un juron. Le dessus-de-lit était trempé et bon à jeter à la poubelle. Machinalement, il se mit à compter les petits et en dénombra six. Au moment où il se baissait pour ramasser les débris de la lampe de chevet gisant au pied du lit, il s'aperçut qu'il avait, sans s'en rendre compte, mouillé son pantalon.

CHAPITRE VIII

Les traits lourds, la peau blette, l'œil chafouin, Momo-le-quincaillier manquait totalement de ce que la presse satanique d'Occident appelle le sexe-à-pile. Sa barbe poivre et sel épousait un double menton naissant et des touffes de poils drus lui sortaient des oreilles. À vrai dire (et il se l'était dit souvent), même dans un feuilleton égyptien, son physique de rural bancal n'aurait pas su trouver emploi. Il tentait de faire oublier sa silhouette disgraciée sous d'amples djellabas et des airs renfrognés de vizir ottoman. Les sourcils, froncés en permanence, durcissaient son regard, lui donnant une allure sévère et appliquée — dont il ne se départissait jamais, même quand il chevauchait sa malheureuse épouse, activité brève mais frénétique, à laquelle il se livrait environ une fois par semaine, sauf le vendredi soir, toute son énergie étant réservée ce jour-là à la bandaison spirituelle.

Ses efforts conjugaux avaient été couronnés par la naissance de cinq enfants, deux garçons et trois filles — élevés à la trique, dans la crainte du Coran et la haine des préservatifs. Hidjabées dès l'adolescence, les filles du quincaillier avaient même adopté un moment la tenue saoudienne. En les voyant passer dans la rue, entièrement bâchées de noir, sans un grain de peau nue, les plus jeunes des gosses prenaient peur. Même leur mère n'arrivait plus à distinguer qui était qui, dans ce trio de Belphégor semblables à trois gouttes d'encre. Dans le quartier, les mauvaises langues les avaient surnommées « les vieilles figues ».

C'est le fils aîné, Salah, qui avait convaincu le père d'ordonner aux trois filles de remettre des habits normaux. D'après lui, ce choix vestimentaire faisait prendre des risques à toute la famille. Lui, Salah, n'avait-il pas renoncé au *kamis* pour éviter de se faire repérer par les flics ? Cela ne l'empêchait pas d'être un vrai musulman, de haïr les juifs, Bill Clinton, le saucisson de Lyon, et de suivre la voie lumineuse du Djihad. *Hamdoulillah* ! Momo-le-quincailler s'arrêta un instant en bas de l'escalier, guettant le bruit des pas de son jeune fils Khaïs.

La cour de l'immeuble était déserte. Le soleil jouait dans la poussière et une brise désinvolte agitait les tresses molles des eucalyptus. Il était encore tôt. De tout façon, le vendredi matin, les gens ne sortaient guère avant dix ou onze heures. Momo-le-quincailler se gratta la barbe en regardant les chats qui se battaient sur un tas d'ordures. L'un d'eux finit par s'enfuir, tenant dans sa gueule une tête de poisson. D'un coup de pied agacé, Momo-le-quincailler chassa le reste de la bande. Sans vouloir se l'avouer, il se sentait rongé d'angoisse. L'odeur de poubelle avait réveillé son ulcère. Il cracha.

Cela faisait presque six mois que son fils Salah n'avait pas donné de nouvelles. On savait seulement que les chargements d'armes et de semoule étaient arrivées à bon port. Le maquis que Salah dirigeait était l'un des plus importants de la région de Blida. Un bon tiers de la marchandise lui était destinée. Jusqu'à la fin du mois dernier, en tout cas, les fourgonnettes avaient fait régulièrement la navette entre Alger et la montagne. Salah et ses hommes avaient dû en avoir rudement besoin ! Ces dernières semaines, les combats avaient été terribles. En plus des arrosages au napalm, le pouvoir avait placé ses collabos dans de nombreux villages. Des soi-disant « patriotes », achetés et armés par les porcs du régime. Des hordes de mécréants, qui multipliaient les razzias à l'encontre des familles de *moudjahidine*. Plusieurs de ces chiens maudits avaient quand même payé. Leurs femmes et leurs enfants avaient bien dégusté. Saignés, vidés, jusqu'au dernier, au couteau ou à la kalach, avant d'être décapités à coups de pelle ou de hache. Œil pour œil, dent pour dent ! Ceux qui avaient rallié la junte devaient périr et leurs familles avec ! du nourrisson jusqu'au grand-père. *Hamdoulillah* ! Momo-l'intégro poussa un soupir d'impatience.

— Khaïs ! Qu'est-ce-que tu fabriques ? hurla-t-il en levant la tête vers la cage d'escalier.

— J'arrive, je remplissais le seau ! répondit le gosse, du palier du troisième étage.

Sans plus attendre, Momo-le-patriarche s'avança

dans la cour, en évitant les trous et les monceaux de détritus. Une quinzaine de voitures étaient garées au milieu du terre-plein, qui servait de parking. La sienne, une « citron-break », était une solide épave de sept chevaux, qu'il avait entrepris de laver à grande eau. La carrosserie était tachée de rouille, mais le moteur tenait encore bon. Momo-le-quincailler l'entretenait avec beaucoup de soin, allant régulièrement s'approvisionner en pièces détachées au « marché aux voleurs » d'Hussein Dey.

La « citron-break » ne servait qu'à titre exceptionnel pour les missions de guerre. Momo-l'intégro était un homme prudent. Ce n'est qu'après mûre réflexion qu'il avait décidé d'utiliser sa propre voiture pour aller à l'hôpital Mustapha. Il n'avait pas eu le choix. Ce fumier de garagiste aurait été capable de parler et de les dénoncer aux flics. Il fallait en finir, et vite ! Tout avait marché comme sur des roulettes. Ali-la-feinte s'était chargé de trouver des blouses blanches et Ahmed-le-borgne avait apporté son couteau de boucher. Ils s'étaient garés à Belcourt, pour éviter de se faire repérer par les patrouilles de gendarmes. Il y en avait toujours sur les boulevards qui bordent l'hôpital. Mais personne ne les avait arrêtés, ni à l'entrée, ni à la sortie. Une auberge andalouse, cet hosto ! Cette fois, ils n'avaient pas loupé leur coup. Il ne restait plus qu'à changer, une dernière fois, les plaques d'immatriculation de la voiture et à nettoyer l'intérieur. Les taches de sang se remarquaient à peine, mais mieux valait ne laisser aucune trace.

Momo-le-quincailler s'était mis au travail, brossant le siège arrière, pendant que le petit Khaïs décrassait patiemment les roues, en grattant la boue grasse qui salissait les jantes. Au bout d'un moment, le gosse s'arrêta.

— Si tu veux, papa, je peux finir tout seul.

Un grognement lui répondit. Courbé à l'intérieur de la voiture, Momo-le-quincailler continuait de frotter.

— Pour faire partir le sang, le mieux, c'est de brosser avec de l'eau et du savon. L'eau toute seule, ce n'est pas assez fort, insista le gamin.

Lentement, Momo-le-quincailler se redressa. Il dévisageait son fils avec un mélange de surprise et d'inquiétude.

— De quoi tu parles ? souffla-t-il.

Le petit Khaïs hésita à répondre, troublé soudain par sa propre audace. Momo-le-quincailler faisait lentement le tour de la voiture pour rejoindre son fils.

— J'ai vu le sang, c'est tout, se dépêcha de lâcher le gamin.

— Le sang de quoi ? cracha Momo.

— Le sang... Je ne sais pas, moi... Le sang du mécréant ? s'écria l'adolescent.

Il essayait de gagner du temps. Il s'était efforcé d'adopter une intonation désinvolte, mais avait seulement réussi à faire monter sa voix dans les aigus. Son cœur battait à tout rompre. Momo-le-quincailler se planta devant lui. Il marmonna une prière, sans quitter son fils des yeux. Puis, sous le coup d'une subite impulsion, il lui lança une gifle à toute volée. Le gosse roula par terre.

Le coup avait été tellement violent qu'il mit quelques secondes à se ressaisir. Assis dans la poussière, Khaïs se tenait la joue, les yeux fixant un point dans le vide comme pour éviter de regarder son père. Pourtant, quand il redressa la tête, un mince sourire éclairait son visage. Il se sentait curieusement soulagé. Très calme, l'adolescent se releva, frotta son pantalon taché de boue et sortit une lettre de sa poche. Il avait pris sa décision. Il tendit la lettre à son père.

Momo-le-quincailler ouvrit l'enveloppe. Elle contenait la photocopie d'une carte routière du Nord de l'Algérie. La main du commerçant se mit à trembler. Khaïs observait son père d'un air détaché. Un certain trajet, reliant Alger et trois points différents de la région de Blida, était souligné au marqueur rose. À côté de chacun des trois points, on avait écrit à la main le nom du lieu-dit correspondant. Momo-l'intégro avait pâli. Les routes et les sentiers marqués en rose étaient ceux que les fourgonnettes empruntaient pour rejoindre les maquis. L'un des lieux-dits désignait le campement de Salah. Il eut l'impression qu'un souffle glacé paralysait sa nuque.

— Qui t'a donné ça ? réussit-il à chuchoter.

— Le chef de mon groupe, répondit le petit Khaïs. Mais tu n'as pas à t'inquiéter, il va tout t'expliquer. Tu as rendez-vous avec lui ce soir, au hammam de la rue de la Lyre. J'irai avec toi et je vous présenterai l'un à l'autre.

Il parlait comme on récite une leçon, les yeux toujours baissés. Il se tenait debout, les mains croisées dans le dos, et fixait le seau d'eau noirâtre, posé près de la voiture. Il ânonnait ses ordres d'une voix basse. De loin, on aurait pu croire que c'était lui qui écoutait, penaud, ce que disait son père. L'illusion était parfaite.

— Tu ne dois parler de ce rendez-vous à personne. Discrétion absolue. Nous devons arriver vers dix-huit heures trente. Le chef de mon groupe sera déjà sur place.

Momo-l'intégro replia la lettre et la fourra au fond de sa poche. Son fils Khaïs, une fois achevé son laïus, lui avait tourné le dos et était parti en courant. Il ferma la vieille « citron-break » et vida le seau d'un geste machinal. Sur le tas d'ordures, au pied de l'immeuble, les chats avaient repris leurs exercices de fouille. Ils s'épiaient mutuellement et se balançaient des coups de griffe. L'un d'entre eux réussit à s'enfuir, un déchet dans la gueule. Trois autres matous se lancèrent illico à sa poursuite. Momo-le-patriarche entendit des miaulements stridents mêlés à des cris rauques. L'un des trois matous, un gros tigré à qui il manquait une oreille, revenait lentement vers le tas d'ordures, en se léchant les babines. L'épisode était terminé. Momo-le-quincailler s'engagea d'un pas lourd dans l'escalier de l'immeuble.

*

Les deux hommes s'étaient installés sur l'étroite terrasse qui surplombe la mer. À leurs pieds, les vagues s'écrasaient avec une rage têtue, recouvrant les rochers d'un chuintement d'écume. Dans le petit jardin jouxtant la terrasse, l'ombre des cyprès et des pins parasols commençait à s'allonger. Il était un peu plus de quatre heures de l'après-midi. Une voiture banalisée était garée sur le trottoir, barrant l'entrée de la villa — une maison cossue datant des années 20. Le rez-de-chaussée avait été converti en restaurant. L'ancien vestibule, qui longeait la cuisine, débouchait sur une vaste salle un peu sombre, meublée à l'ancienne, avec de lourdes tables en bois et des nappes à carreaux rouges et blancs. Le sol était couvert d'un vieux linoléum écaillé, couleur caramel. Adossée près du bar, une horloge d'avant-guerre, au long coffre en noyer, faisait entendre son tic-tac régulier.

— Un Coca, ça te va ? avait lancé le plus âgé des visiteurs.

C'était un moustachu d'une quarantaine d'années, assez svelte pour son âge, portant des lunettes noires et vêtu avec élégance d'un complet en lin chocolat. Sans attendre la réponse de son compagnon, il avait fait signe au loufiat et lui avait passé commande. Il s'exprimait d'une voix maussade.

— Pour le gros, tu ne t'inquiètes pas. On s'en occupe. En revanche, pour les lumières dans l'immeuble, ce serait mieux que tu sois sûr. Tu dis que tu as vu deux appartements allumés, l'un au 3e étage et l'autre au 5e ?

Hakim approuva doucement de la tête. Il sentait l'énervement le gagner. C'était la troisième fois qu'il répétait la même chose. Le type était bouché, ou quoi ? Ravalant sa mauvaise humeur, le jeune homme recommença ses explications. Il lui fallait faire attention. Bouché ou pas bouché, ce type faisait partie des huiles. Pour un premier contact, mieux valait la jouer cool. Après tout, s'il faisait tout ce cirque, c'était peut-être exprès, pour tester son sang-froid ? Les flics ont parfois de ces méthodes...

— Et c'est bien l'immeuble qui donne sur l'entrepôt, hein ? demandait le moustachu.

Avec calme, Hakim reprit son récit. L'autre écoutait, la tête légèrement penchée de côté. Cette façon de lui faire répéter vingt fois les mêmes trucs ! Hakim réprima un sourire. Sa mauvaise humeur s'était envolée. Ce mec l'avait à la bonne, c'est sûr. Il faisait traîner les questions pour la frime. Pour essayer de l'impressionner. Mais il savait, aussi bien que lui, que le contrat avait été honoré sans bavure. Une fois de plus ! Deux sans faute, en moins d'une semaine, l'un au pistolet — avec une seule balle, s'il vous plaît ! — et l'autre au cutter. Du boulot de professionnel, dans les deux cas. Sur la place d'Alger, personne n'aurait pu l'égaler. C'est pour ça qu'il avait été convoqué. Hakim se rengorgea. Maintenant qu'il avait fait ses preuves, l'émissaire du « Rouget » allait lui proposer de faire équipe pour de bon, Hakim était prêt à le parier. Ce n'est pas pour un poivrot et deux insomniaques qu'on allait s'embêter la vie !

— Est-ce que tu aimes le raï ?

La question prit Hakim de court. Il fronça les sourcils et esquissa un sourire interrogateur.

— On aurait peut-être un autre boulot pour toi, continua le moustachu, sur un ton détaché. Mais pas à Alger.

Hakim retint son souffle. Une lueur de triomphe brillait au fond de ses yeux. Le moustachu vida son verre d'un trait.

— Il faudrait que tu ailles à Oran.

Hakim secoua la tête, le visage rayonnant.

— À la maison, nous avons toutes les cassettes de Cheb Mami, de la Zahouania et de feu Cheb Hosni, lâcha-t-il, tout à trac. Nous avons même une cassette de cette vieille, je ne me rappelle plus son nom... Celle qui est presque aveugle...

En même temps qu'il parlait, il sentit qu'il n'aurait pas dû se laisser aller de cette façon.

— Je ne t'ai pas demandé de me raconter ta vie, répliqua sèchement le moustachu. Tes histoires, je m'en fous, OK ? Et Reinette l'Oranaise, je m'en tamponne. Tu la fermes, tu m'écoutes et tu obéis ! Compris ?

Hakim fit oui de la tête. La honte le glaçait. L'homme au complet en lin chocolat renifla avec mépris et alluma une cigarette.

— Je vais t'expliquer en quoi consiste ton nouveau contrat. À Oran, donc.

Il se tut brusquement. Mâchoires serrées, Hakim lui jetait des coups d'œil furtifs. Il avait compris la leçon. Pendant quelques instants, on n'entendit plus que le bruit des vagues. L'officier de la Sécurité militaire fumait en silence, comme s'il réfléchissait. Puis il se tourna à demi et leva la main en direction du serveur.

— Un Coca, ça te va ? lança-t-il distraitement.

*

Taoufik s'était réveillé tard, vers quatre heures de l'après-midi. Il avait fait la sieste au salon — où il avait déjà passé la nuit — et la première chose qu'il vit, en ouvrant les yeux, fut la femme bleue d'Issiakhem. Puis il se rappela la chatte et pensa au lit qu'il allait devoir nettoyer. Il mit un café en route. Pendant que l'eau chauffait, il alla prendre une douche. Il avait passé la matinée à traîner dans la maison et, après un tour au marché du quartier, il était tombé sur l'un de ses voisins qui l'avait invité à venir partager le couscous familial. Il était rentré vers trois heures, un peu lourd, et s'était assoupi sur le canapé du salon.

C'est par hasard qu'il s'était retrouvé, vers cinq heures du soir, en train de se balader sur le front de mer et de remonter d'un pas nonchalant le boulevard Che Guevara — lieu de drague réputé, que les homosexuels algérois avaient surnommé « le boulevard de la queue-leu-leu ». Sous le soleil encore haut, la mer étirait son sourire de lézard. Quelques bateaux dormaient au loin. Piqués dans l'horizon, on aurait dit des clous de girofle. Les mouettes virevoltaient au-dessus du quai, légères comme des tracts. Taoufik accéléra l'allure. Il avait traversé la ville à pied, pour le simple plaisir de se baguenauder et de se dégourdir les jambes. À présent, l'idée d'être abordé le troublait.

Il remonta vivement vers la rue Bab Azzoun et traversa la place Mohamed Touri — que tous les vieux Algérois continuaient à appeler square Bresson. Une bande de gamins étaient agglutinés devant l'entrée d'un pâtissier, qui vendait de la glace pilée « parfum-menthe » ou « parfum-citron » dans de petits sachets en plastique transparent. Un moment, le journaliste faillit se laisser tenter. Mais il se dit que ce n'était plus de son âge. Il continua sa route.

Il cherchait des yeux une table libre à l'une des terrasses de café, lorsqu'il l'aperçut, marchant tranquillement à l'ombre des arcades. Pendant une seconde, son cœur s'arrêta de battre. D'instinct, Taoufik entra dans un magasin de fruits et légumes. Il se faufila au milieu des cageots. Deux clients étaient avant lui. Pour la forme, il commanda une livre d'abricots, en continuant à surveiller la rue.

— Purée, c'est c'est c'est..., lâcha le journaliste.

— Tu as un problème, mon fils ? lui lança le marchand de fruits, en plissant des yeux soupçonneux.

— Non, je viens de m'apercevoir que c'est cinq heures et demie passées et j'avais promis à ma mère de passer la voir à quatre heures ! mentit Taoufik avec aplomb, en frappant sa montre de l'index.

Le vieux haussa les épaules et retourna à ses balances. Cette fois, le journaliste était sûr de ne pas se tromper. Il n'y avait pas d'erreur possible. L'adolescent qui l'avait suivi mardi soir, sur sa mobylette, après le dîner chez Emna, et celui qu'il avait aperçu hier matin chez la veuve Areski, était une seule et même personne. Et voilà qu'il lui tombait dessus par hasard, en plein centre d'Alger !

Abrité derrière les étalages de fruits, Taoufik dévisageait le gosse. Ce dernier était à moins de cent mètres. Arrêté au bord du trottoir, il attendait que la file des voitures ait fini de passer pour traverser la rue. C'était un ado comme des dizaines d'autres : une gueule de petit macho, la dégaine chaloupée, sourire coincé et cul serré, le tout flottant dans un jean et un sweat-shirt deux ou trois fois trop larges. Dès que la voie fut libre, il traversa la rue. Sans hésiter, Taoufik sortit de la boutique et se mit à le suivre. Le gamin s'était engagé dans la rue Asselah Hocine et marchait d'un pas rapide en direction de la Grande Poste. Taoufik, par précaution, changea de trottoir. Il avait ajusté son rythme sur celui de sa proie. Une cinquantaine de mètres les séparait. Arrivé sur la place, l'adolescent se dirigea vers les arrêts de bus. Il s'adossa à une palissade métallique. Il avait enfoncé ses mains dans les poches de son jean et sifflotait, comme quelqu'un qui sait qu'il risque d'attendre longtemps.

En amont, s'étendait le chantier du métro d'Alger centre, immuable comme la décharge d'El Harrach ou le commissariat de l'ex-rue Cavaignac. On en faisait le tour sans poser de question. Posté en contrebas, Taoufik ne quittait pas le gosse des yeux. Bien qu'on soit vendredi, le trafic était dense et une foule nombreuse déambulait sur les trottoirs. Un jeune homme, dont il ne vit d'abord que le dos, s'était approché de la palissade. Il avait fait signe, d'un simple mouvement de tête, et le gosse l'avait aussitôt rejoint. C'est à ce moment-là que Taoufik avait vu très distinctement le profil du nouveau venu. Il reconnut, dans un éclair, la lèvre un peu boudeuse et la boucle d'oreille en or. Les deux jeunes s'éloignaient par l'avenue Pasteur. Le journaliste leur emboîta le pas.

CHAPITRE IX

Le petit Hocine détestait le hammam, mais quand la vieille Nanna menaça de brûler ses livres et de pisser sur le clavier de l'ordinateur, il céda. Elle était capable de tout. Dès le matin, elle s'était mise à glapir, le traitant de « saligaud » et d'« âne putride ». Il avait eu beau protester et vanter les mérites de la douche quotidienne, la vieille n'avait rien voulu savoir. Elle-même se rendait une fois tous les quinze jours au hammam du quartier du Golfe, avec les voisines de l'immeuble. D'après elle, rien ne valait le bain maure. C'était la seule façon de se laver à fond, d'éliminer les peaux mortes, de combattre les mauvaises fièvres, de détendre les muscles. Le hammam était un must civilisationnel, elle n'en démordrait pas. Tous les mois, elle lui faisait la même scène. Et tous les mois, il résistait.

— Mais si on se frotte bien, c'est aussi propre que le bain maure, Nanna ! Et on perd mille fois moins de temps.

— Pauvre glaire ! tu me prends pour une débile ? Tu crois que je n'ai pas remarqué qu'on a de l'eau seulement une fois par semaine ? Même pour mouiller un timbre à un dinar, ça ne suffit pas ! avait-elle répliqué, acerbe.

L'argument était sans appel. Il avait changé de registre. Il ne se tenait pas pour battu.

— On voit que tu ne connais pas le hammam de la rue de la Lyre, Nanna ! C'est plein de bactéries et de vieux pervers, avait-il plaidé sournoisement. Pour l'hygiène, c'est zéro ! Tu veux que je nous ramène le sida ?

— Écoutez-moi ce menteur ! Ma parole, c'est de la gelée de couille de chameau qu'ils t'ont mis à la place du cerveau, s'était-elle mise à hurler. Je t'en foutrais, moi, des pervers ! Tu crois que je n'entends pas ce qu'ils disent à la télé ? Tu voudrais que je confonde les hammams de la Casbah avec des bordels suédois ? Tu te fiches de moi ou quoi ?

Il n'avait pas insisté. Rayon cul, à son âge, elle avait trop d'avance. Ce n'était pas la peine de faire semblant de rivaliser.

— Mais si je vais au hammam, tu vas rester toute seule, avait-il encore tenté. Qui va t'apporter le thé à la menthe avec l'assiette de baklavas ?

— Et les thermos, c'est fait pour les bourricots ? Tu n'est pas manchot, il me semble ! avait-elle ricané, pleine de mépris.

Le petit Hocine avait conclu la joute avec un soupir résigné. Comme d'habitude, la vieille avait gagné. La mort dans l'âme, il roula un pagne au fond du couffin, prit une motte de *ghassoul* qu'il enveloppa dans un sachet. Il emportait aussi son gros peigne en plastique, une pierre ponce et le gant de crin. Il savait qu'après son départ, la vieille vérifiait tout. Mieux valait faire semblant d'aller s'étriller dans les règles.

Ahmed, le frère de feu Hassan Benabdallah, passa à quatre heures pile. Quand il avait téléphoné la veille, pour proposer d'emmener Hocine, la vieille avait dit oui tout de suite, sans poser de questions. Ahmed et Baya Benabdallah habitaient Boumerdès. Mais « vu les circonstances », comme disait le vieil Ahmed, ils avaient décidé de prolonger leur séjour à Alger. Ils logeaient chez le garagiste. Il fallait le temps de réunir tout le monde pour « mettre les affaires de la famille en ordre », avait expliqué le vieil Ahmed. Debout dans le couloir, son cabas à la main, il attendait qu'Hocine arrive. L'enterrement aurait lieu demain, avait-il ajouté. La vieille Nanna, enfouie dans ses coussins, ne lui avait prêté aucune attention. Dès que son petit-fils eut posé à ses pieds le lourd plateau de cuivre avec le thermos et l'assiette de baklavas recouverte d'une serviette brodée, elle les congédia d'un moulinet sec de sa canne.

Ahmed Benabdallah et le petit Hocine arrivèrent rue de la Lyre sans avoir prononcé trois mots. Le hammam était situé au fond d'une cour, à laquelle on accèdait en franchissant un large porche aux parois lépreuses. Le vieux entra le premier, poussant la porte ornée de vitraux jaune et vert. Une longue bouffée tiède, mêlant l'odeur du savon, de la peau moite et de l'eau de Javel les accueillit dès le vestibule. Ils passèrent dans la salle de repos et se déshabillèrent en silence. Le petit Hocine sortit son pagne en coton et une serviette-éponge. Le corps du vieil Ahmed avait les marques du marcel qu'il portait toujours dans les champs. À part les bras, brunis par le soleil, tout le reste était blanc. Son sexe rabougri pendait comme un escargot fatigué. Le petit Hocine compara machinalement avec le sien et, rassuré, noua son pagne autour des reins. Ahmed Benabdallah fit de même, enfila ses claquettes et gagna lentement la salle principale.

Il y avait pas mal de monde. Des jeunes, des vieux, accroupis près des bassins, par groupes de deux ou trois. On parlait à voix basse, sans se toucher. Comparé à l'ambiance des après-midi que le petit Hocine avait passés avec les femmes jusqu'à l'âge de sept ans, le bain des hommes semblait comme mort. Il s'assit près du vieil Ahmed et commença à se laver. Il regrettait la marmaille piaillante et les éclats de rire qui accompagnaient le bain des femmes. Ici, on n'échangeait rien. Ni savon, ni frottage du dos, ni recette pour s'épiler les jambes. Seulement des mots. Et encore ! Avec la guerre, chacun tenait sa langue.

Le vieil Ahmed fit signe au petit Hocine de le suivre. Ils se glissèrent vers la pièce étroite et tout en longueur réservée au bain de vapeur. Une dizaine d'hommes étaient allongés ou assis dans la pénombre, sur les gradins de pierre chaude. La buée rendait les traits des visages et des corps un peu flous. Le petit Hocine s'était installé près de l'entrée, observant d'un regard maussade la lente foule des baigneurs restés dans la salle d'eau. Les gens n'arrêtaient pas d'entrer et de sortir. Quelque-uns se faisaient masser.

Un barbu venait d'arriver, précédé d'un adolescent qui devait être son fils ou son neveu. Durant quelques secondes, le petit Hocine eut du mal à faire le raccord. Le type était plutôt râblé, avec des poils partout. Une tronche de blaireau mal luné. Il rayonnait d'une laideur singulière. Hocine était sûr de l'avoir croisé quelque part. C'était de le voir nu qui embrouillait les choses. Mentalement, le petit Hocine l'habilla. Un filet de sueur glacée lui parcourut l'échine. Il avait trouvé.

Le gosse recula, s'enfonçant un peu plus dans la vapeur épaisse. D'un bond, il se hissa sur le degré le plus haut des gradins, là où l'obscurité était presque totale. Il s'allongea sur le ventre, surveillant la salle principale. L'assassin de M. Benabdallah, assis sur le carrelage, s'aspergeait lentement le visage et les bras. « À partir de quarante ans, tout homme a la tête qu'il mérite »... Un court moment, le petit Hocine essaya de se rappeler de qui était cette phrase, en forme de maxime. Oscar Wilde ? La vapeur lui ramollissait les neurones. Le vieil Ahmed, installé deux gradins en dessous, se frottait les épaules au gant de crin. Le gosse reporta son attention vers la salle principale. Le fils de l'assassin, accroupi à côté de son père, jetait des coups d'œil réguliers vers l'entrée du hammam. Ils attendent l'arrivée de quelqu'un, c'est clair, se dit le petit Hocine.

Il était plus de six heures du soir et le bain commençait à se vider peu à peu de ses clients. Le vieil Ahmed n'allait pas tarder à donner le signal du départ. C'est alors qu'un nouveau visiteur fit son apparition. Une serviette blanche autour des reins, les pieds nus, il traversa la salle et alla prendre place à côté du barbu. Le petit Hocine était à la fois intrigué et vaguement déçu. Le nouvel arrivant n'avait rien de particulier, ni dans l'allure, ni dans les traits du visage. Un type jeune, d'à peine trente ans, plutôt mince, bien balancé. Il parlait à voix basse. L'assassin du garagiste l'écoutait sans rien dire, la tête penchée en avant, avec une moue sceptique.

— On y va ? souffla le vieil Ahmed.

Ils sortirent du bain de vapeur et se dirigèrent vers la salle de repos où étaient rangées leurs affaires. La serviette-éponge sur la tête, comme pour se sécher les cheveux, le petit Hocine suivait docilement le vieil homme. Il marchait à sa gauche, ce qui le rendait pratiquement invisible aux yeux du trio. Même si l'assassin de M. Benabdallah s'avisait de jeter un coup d'œil dans leur direction, il ne verrait rien — sinon un vieux aux cheveux blancs, inoffensif, en train de quitter le hammam, un mioche à ses côtés.

— Tu veux boire un thé ? demanda le vieil Ahmed.

— Non, Si Ahmed, merci, mais je n'ai pas soif.

Ahmed Benabdallah lui jeta un regard soupçonneux. Il n'aimait pas les enfants trop polis. Il haussa les épaules et finit de s'habiller. Il était six heures et demie du soir quand ils repassèrent sous le porche qui débouchait rue de la Lyre. Ils filèrent aussitôt, sans se retourner, et descendirent vers la place des Martyrs. Ils ne virent pas Taoufik Benslimane, qui faisait la planque à quelques mètres de là, attablé à côté d'un groupe de joueurs de dominos.

Le café où le journaliste avait installé ses pénates était un endroit minuscule — deux petites tables à l'intérieur, deux autres dans la rue — et d'une saleté repoussante. Mais c'était le meilleur poste d'observation pour surveiller l'entrée du hammam. Assise par terre, un bébé sur les genoux, une mendiante secouait son gobelet en plastique sous le nez des passants. Des gosses couraient sur les trottoirs, tordant les rétroviseurs des voitures garées le long de la rue. Un marchand d'épices, debout sur le seuil de sa boutique, leur cria des injures. Assis devant un verre de thé à la menthe, Taoufik ne perdait une miette du spectacle.

Il était tellement absorbé qu'il faillit ne pas remarquer le petit Hocine qui sortait du hammam, sur les talons du vieil Ahmed Benabdallah. Le journaliste s'apprêtait à leur faire signe, mais il se ravisa. Tant qu'à jouer les paparazzi, autant ne pas se faire repérer, songea-t-il. Mieux valait continuer la planque et ne pas louper la sortie du fils de la veuve Areski. Dans sa tête, Taoufik l'avait surnommé « Boucle d'or ». Pour qui travaillait-il ? Qui lui avait donné l'ordre de le faire suivre, l'autre soir, quand il sortait de chez Emna ? Le journaliste aurait donné cher pour le savoir. Il n'avait eu aucun mal à filer les deux marlous, depuis la Grande Poste jusqu'à la rue de la Lyre. Seul « Boucle d'or » était entré dans le hammam. L'autre s'était éclipsé, disparaissant dans l'une des ruelles qui monte vers la Casbah. Taoufik alluma une cigarette. Il était persuadé qu'il n'aurait pas longtemps à attendre. Il avait raison. Il n'était pas sept heures du soir quand un nouveau groupe sortit du hammam et déboucha rue de la Lyre. Le fils Areski était au milieu. Le journaliste se leva d'un bond.

Il était en train de payer au comptoir, quand l'écho d'une énorme explosion fit trembler les vitres du café. Sans trop savoir comment, Taoufik Benslimane se retrouva le nez dans le caniveau, à moitié écrasé par les joueurs de dominos qui s'étaient, eux aussi, jetés à terre. Des cris montaient de partout. Les hurlements des femmes se mêlaient aux voix affolées des hommes qui aboyaient des ordres que personne n'écoutait. On courait en tous sens.

— Ils ont fait sauter la DGSN ! lança quelqu'un.

— C'est pas la DGSN, c'est le parlement ! Ils sont rentrés dedans avec un camion bourré d'explosifs !

— Il y a au moins trente morts ! brailla un autre.

— Gaffe à la police ! Les *Ninjas* ont eu l'ordre de ratisser toute la Casbah ! s'égosilla un troisième.

Taoufik Benslimane se planta au milieu de la rue et regarda autour de lui. L'entrée du hammam était vide. « Boucle d'or » avait disparu. La mendiante aussi. Quand le journaliste passa devant la boutique du marchand d'épices, celui-ci était en train de baisser son rideau de fer.

— Ne traîne pas, mon fils, rentre chez toi. La police va débarquer, ça va chauffer toute la nuit ! lui souffla le commerçant.

*

— Mouillée or not mouillée ?

— Mouillée but not noyée, répondit Alya Benabdallah, en s'efforçant de sourire à cette plaisanterie miteuse.

Taoufik arrosa lentement l'assiette de couscous brûlant d'une louche de bouillon de légumes. Alya leva la main pour l'arrêter et tendit l'assiette du petit Hocine. Pendant quelques secondes, plus personne ne parla. Taoufik se servit à son tour. L'air songeur, Emna Aït Saada suivait les pérégrinations d'une guêpe tombée tête la première dans son verre de Campari.

— Et d'après ce que tu as vu, Hocine, le barbu et le fils Areski se connaissaient ou pas ?

— J'ai eu l'impression qu'ils ne s'étaient jamais vus. C'est le fils du barbu, le petit, qui les a présentés l'un à l'autre.

— Tu as entendu ce qu'ils se disaient ?

— Non, j'étais trop loin.

La géologue plongea une petite cuillère dans son verre et remonta la guêpe complètement groggy.

— As-tu remarqué si le fils Areski portait une boucle à l'oreille ?

— De là où j'étais, je ne pouvais le voir que de profil. Ça ne devait pas être le bon, répondit le petit Hocine, la bouche pleine.

Emna Aït Saada vida son Campari d'un trait et se servit une assiette de semoule. Elle y ajouta une demi-louche de bouillon, un quart de poulet et deux morceaux de bœuf. Elle compléta avec une cascade de légumes — carottes, navets, fenouil, pois chiches et pommes de terre. Elle huma la vapeur odorante qui montait de son assiette, saisit une cuillère à soupe et commença à enfourner avec application.

— Mon premier porte une boucle d'oreille, mon second une bague au doigt, mon troisième une barbe-intégro. C'est une devinette sans queue ni tête. Mon tout ne tient pas debout, bougonna-t-elle.

Alya fixait la nappe, les yeux embués de larmes. Par la fenêtre, le ciel gris-rose lançait ses derniers feux.

— Dis-moi, Taoufik, quand tu as filé nos deux zèbres, là... continua la géologue, en mastiquant un morceau de gîte. Tu ne nous as pas dit quel trajet vous aviez suivi pour aller de la Grande Poste jusqu'à la rue de la Lyre.

— Le trajet normal. On a pris la rue Ben Mehidi et puis... je ne sais plus. Les petites rues, quoi !

— Sans s'arrêter en route ? reprit l'Énorme, en avalant une cuillère de semoule.

— Ah si, c'est vrai, j'ai failli oublier ! Ils ont fait un crochet par l'hôtel Alberti...

— Ils sont montés dans les salons ?

— Je n'en sais rien : je suis resté à les attendre dehors, pour éviter de me faire repérer, expliqua Taoufik.

— Combien de temps ?

— Cinq ou dix minutes, pas plus...

— Et puis ?

— Après l'Alberti, on a continué. Ils se sont encore arrêtés pour acheter des cigarettes dans un kiosque. Je crois que c'est tout. On est arrivés rue de la Lyre vers six heures du soir. « Boucle d'or » est entré dans le hammam, l'autre gamin a filé par une ruelle, vers le haut de la Casbah, et moi, je me suis installé dans ce boui-boui, là, ju... ju...

— Oui, jusqu'à l'explosion de la bombe, acheva la géologue.

Depuis un bon moment, Alya s'était arrêtée de manger. Elle froissa sa serviette d'un geste nerveux et poussa un soupir qui ressemblait à un sanglot.

— Je vais me coucher, je suis épuisée, dit-elle simplement en se levant de table. Vous viendrez à l'enterrement ?

Emna et Taoufik firent oui de la tête, Hocine murmura un « bonsoir » et elle quitta la pièce.

— Une bonne salade pour faire passer tout ça ? claironna l'Eléphantesque.

Le petit Hocine et Taoufik eurent une moue polie.

— Mina ! Tu apportes la salade ?

La vieille bonne arriva aussitôt de son pas trottinant. Elle posa sur la table une jatte en terre cuite, garnie de tomates aux œufs mimosa, et un grand compotier débordant de feuilles de batavia et de petits oignons hachés.

— Dis-moi, Hocine, ce n'est pas toi qui a un oncle à l'Alberti ?

— Qui avais. Il s'est fait tuer il y a deux ans, à un faux barrage, du côté de Sidi Ferruch.

— Dommage ! souffla la géologue.

— Mais je connais ses anciens collègues, ajouta le petit Hocine. Son meilleur copain, c'était Habib.

C'est un vieux, très gentil. Depuis Boumediene, il a toujours bossé pour les flics. Officiellement, il est gardien.

— Magnifique ! Tiens, je te sers en salade ?

— Non merci.

Emna Aït Saada poussa la jatte de tomates et le plat de batavia en direction de Taoufik. Celui-ci secoua la tête.

— Vous avez tort ! La salade lave de tous les maux ! éructa la Charnue. Hocine, est-ce que tu aimes le méchoui d'agneau ?

— Comme tout le monde, répondit le gosse prudemment.

— Alors, voici ce que je te propose. Demain matin, tu files à l'Alberti. Tu cuisines le vieil Habib. Je veux savoir qui « Boucle d'or » et son comparse sont allés voir, cet après-midi. Débrouille-toi pour le faire parler, fais-lui la danse des sept voiles. Tu es un gosse, il se méfiera moins. Le patron de l'Alberti — le vrai, pas son homme de paille — est un ponte de la Sécurité militaire. Et, bien entendu, certaines chambres servent de bureau ou de coffre-fort à certains officiers. Ton vieil Habib doit savoir lesquelles. OK ?

Le petit Hocine opina du chef. Il souriait.

— Vu ! À moins que le vieux se soit fait porter pâle, je devrais pouvoir nous ramener la réponse. C'est un fouineur de première.

— Parfait. Une fois ta mission accomplie, tu viens manger le méchoui avec ta grand-mère. Je vous ramènerai en voiture, ça te va ?

— Marché conclu.

La vieille Mina était en train de débarrasser la table, quand le téléphone sonna. Emna Aït Saada se précipita lourdement vers le fond de l'appartement. Elle revint, trente secondes plus tard.

— Taoufik, c'est pour toi, dit-elle.

— C'est bizarre. Normalement, personne ne sait que je dîne ici, répondit le journaliste en filant vers la chambre. Tu devrais vraiment faire installer un deuxième appareil au salon ! aboya-t-il.

Emna Aït Saada retourna s'asseoir et se mit à couper un melon en tranches. Le petit Hocine examinait les étagères de livres.

— Je ne sais pas qui c'est, mais il y a des gens qui veulent ma peau ! soupira Taoufik en revenant dans le salon.

— Des menaces ?

— Oui. Une voix d'homme à l'accent algérois. On aurait dit qu'il lisait un texte préparé à l'avance. Moitié Coran, moitié Rambo. Il a cité ton nom et celui d'Alya.

Le journaliste se versa un verre de Mascara. Il avait l'air complètement abattu. Le petit Hocine restait debout, près des livres, bouche bée.

— Eh bien, au lieu d'investir dans la bouffe, nous allons investir dans les billets d'avion, s'écria Emna Aït Saada.

Taoufik Benslimane la regarda avec un sourire las.

— Hocine, viens t'asseoir. Et mange un peu de melon, c'est plein de vitamines ! ajouta-t-elle, d'une voix forte. Taoufik, tu n'en veux pas un peu ?

De nouveau, le journaliste secoua la tête. Il haussa les épaules et vida lentement son verre de vin.

— Ce soir, tu dors ici. On ira ensemble, demain, à Air Algérie, ordonna Emna, en jetant vers Taoufik un regard furibond. Tu files te mettre au vert — si j'ose dire — dans les sables de Tamanrasset. Moi, je pars à Oran. Et Alya va se planquer pour quelques jours à Boumerdès, chez son oncle Ahmed.

Mina apporta une nouvelle carafe d'eau et embarqua d'office la bouteille de Mascara. Emna la remercia d'un sourire.

— Hocine, tu vas dormir chez mes voisins. Tu téléphoneras de chez eux pour prévenir ta grand-mère. Et demain matin, tu sortiras, ni vu, ni connu, en même temps que les petits qui vont à l'école. Pour le reste, le programme reste inchangé : tu vas à l'Alberti et tu viens manger à midi, OK ?

Emna Aït Saada se leva de table. La nuit était tombée. L'immeuble d'en face était troué de lumières. On voyait les gens qui dînaient en regardant la télévision. Une fillette en pyjama se lavait les dents. Un homme allumait une cigarette, accoudé à sa fenêtre.

CHAPITRE X

Plusieurs fourgons de gendarmerie stationnaient devant la Maison de la presse. Un bout de bitume arraché témoignait de la force de la bombe qui avait explosé l'an dernier, juste devant l'entrée. Trois passants et un planton avaient été tués. Depuis lors, au moins pour la forme, et surtout à l'approche d'élections, le pouvoir faisait semblant de s'intéresser à la sécurité du lieu. Debout près des fourgons, un flic en civil prenait en photo chaque nouvel arrivant. Certains levaient la main, en signe de protestation. Beaucoup se contentaient de tourner la tête et d'accélérer le pas. Punaisée près de la guérite, une affiche rédigée au feutre indiquait que l'assemblée générale des journalistes se tiendrait ce samedi matin, à partir de dix heures, au premier étage du bâtiment central. Le contrôle des papiers était strict et la présentation du macaron de presse « obligatoire », précisait l'affiche. Le macaron de Taoufik datait d'il y a plus d'un an, mais le planton ne fit pas d'histoire. « Soit il me connaît de vue, soit il ne sait pas lire », ricana le journaliste. En montant l'escalier, il reconnut la bonne grosse vieille rumeur des A.G. survoltées.

— C'est notre liberté à tous qui est menacée ! Nous devons réagir, combattre pied à pied, faire acte de résistance. C'est notre devoir d'Algériens et de patriotes ! grondait un quinquagénaire à moustache, en agitant le micro comme si c'était une baguette de majorette.

Un tonnerre d'applaudissements et de vivats salua son intervention.

— La mafia politico-financière veut nous étouffer ! Mais nous résisterons, renchérit une voix féminine, jaillissant de la salle. Non au terrorisme, non au complot intégriste mondial ! L'Algérie entre nous ! L'Algérie avant tout ! rugit l'oratrice, rose d'excitation.

Elle portait de grandes lunettes noires et du rouge à lèvres fuchsia. On l'applaudit aussi. Tout le monde parlait en même temps. Certains s'injuriaient. Taoufik fendit la foule pour se rapprocher de la tribune.

— Que ceux qui sont favorables à la motion de protestation, présentée tout à l'heure, lèvent la main, reprit une voix d'homme, répercutée par les haut-parleurs.

Taoufik aperçut enfin la silhouette grassouillette d'Amine. Il discutait avec la femme aux lunettes noires. Tous les deux faisaient des grands gestes. Dans les haut-parleurs, la même voix d'homme répéta :

— Que ceux qui sont favorables...

Mais personne n'y prêta attention. Taoufik lança trois ou quatre saluts en traversant la salle. La plupart des visages exprimaient une intense jubilation. Taoufik finit par arriver au pied de la tribune et posa sa main sur l'épaule d'Amine. Celui-ci se retourna en riant.

— Taoufik, quel plaisir ! Tu connais Malika Poussif ? s'écria le rédacteur en chef, se reculant un peu pour les présentations.

— De nom, oui, bien sûr ! répondit Taoufik poliment.

— Une de nos plus talentueuses femmes de plume, grasseya Amine, en se tournant vers la journaliste.

La jeune femme serra la main de Taoufik en minaudant et s'esquiva presque aussitôt, happée par les appels d'un groupe de journalistes de la radiotélévision.

— Ils sont là, eux aussi ? s'étonna Taoufik.

— Ma parole, mais tu es vraiment en dehors de la course ! Qu'on soit du secteur public ou du secteur privé, on est tous journalistes, non ? s'exclama le rédacteur en chef, avec une pointe d'exaspération.

— Mais, eux, ils sont quand même connus pour être de la flic...

— Connus ou pas connus, l'essentiel c'est de faire front, coupa Amine, débonnaire. Allez viens ! Tu vas me raconter où tu en es de ce putain de reportage.

Ils sortirent de la salle enfumée et se mirent à arpenter la cour. Taoufik fit un compte rendu assez fidèle des trois jours précédents — sans toutefois mentionner le rôle d'Emna, ni prononcer les noms d'Alya et du petit Hocine.

— C’est de la dynamite, ton affaire, siffla Amine.

— Je sais bien. Hélas !

— Si je sors un truc pareil, on est morts !

— Ce qui veut dire...

— Que je ne prendrai pas le risque, évidemment ! conclut le rédacteur en chef.

Il accompagna sa réplique d’un rire sec, vaguement embarrassé. Taoufik le regarda d’un air interrogateur, attendant la suite.

— Pour la peine, je te file quand même 15 000 dinars, souffla Amine.

— Pour la peine ? C’est bien la première fois que j’entends ça ! gloussa Taoufik, stupéfait.

— On est potes et tu es dans la merde. Qu’est-ce qu’il te faut de plus ? aboya Amine. Je mets le fric sur mes notes de frais, c’est tout.

Ils fumèrent pendant quelques minutes en silence. Taoufik se sentait presque honteux d’avoir à ce point sous-estimé son vieux compagnon. Ils se rendirent dans le bureau d’Amine. Le rédacteur en chef tira une petite clé de sa poche et ouvrit l’un des tiroirs de son bureau. Il mit 15 000 dinars dans une enveloppe et la tendit à Taoufik.

— Comment vont Nadia et les gosses ? demanda-t-il, pressé de changer de sujet.

— Ils sont à Tunis, ça va, répondit Taoufik. Et avec ça, ça ira encore mieux ! ajouta-t-il, en rangeant l’enveloppe dans une poche intérieure de sa veste.

Amine acquiesça d’un grognement et referma le tiroir. Taoufik prit un journal qui traînait sur une table.

— Je peux ? demanda-t-il.

— Oui, bien sûr. C'est celui d'aujourd'hui.

Les deux hommes descendirent l'escalier. Ils s'arrêtèrent au premier étage.

— Tu viens pour la fin de l'A.G. ? lança Amine.

— Non, ça va, j'ai mon compte de militantisme ! sourit Taoufik.

— Tu as tort de te moquer, il faut serrer les rangs ! répliqua Amine. Surtout, sois prudent, ajouta-t-il en baissant la voix. Tout ça reste entre nous, d'accord ?

Ils se séparèrent. Dans la cour, Taoufik s'appuya contre une voiture et ouvrit le journal. La mort du vieux Rabah Touati et celle de Hassan Benabdallah étaient annoncées en quelques lignes et présentées comme des événements séparés. « Le gardien d'un entrepôt victime d'un groupe terroriste », lisait-on en page 3. Le vol des fourgonnettes n'était pas mentionné. L'assassinat du garagiste était donné en dernière page. On y évoquait le « décès d'un commerçant, Hassan Benabdallah », ayant « succombé des suites de ses blessures » à l'hôpital Mustapha, où il avait été transporté « après avoir été l'objet d'un ignoble attentat, perpétré à son domicile par un commando du GIA ». Taoufik s'essuya le front. Un tel art du mensonge, une telle virtuosité à travestir les faits, l'avait toujours bluffé. Il se sentait trempé de sueur.

Avant d'essayer de trouver un taxi pour Kouba, il entra dans une épicerie pour acheter de quoi boire et ressortit avec ce qu'il y avait — une bouteille de limonade chaude, « parfum fraise ».

*

Ils longèrent un moment le boulevard parallèle à la mer. Ils marchaient vite, le dos courbé, pour se protéger du vent qui soufflait en rafales, soulevant des tourbillons de sable et de poussière. De vieux sacs plastique couraient dans le caniveau. Le faubourg d'Aïn Bénian s'étalait sur leur droite, en contrebas. Petites maisons, immenses portails, hérissés parfois de rouleaux de fil de fer barbelé. De loin, on aurait dit d'énormes bigoudis. Hakim et Mustapha s'engagèrent dans une ruelle étroite, ombreuse, au sol de ciment craquelé où zigzaguait une rigole verdâtre.

— C'est là, dit le fils Areski en sortant de la poche de son jean une grosse clé brunie de rouille.

La pièce où ils entrèrent n'avait pas de fenêtre. Une ampoule nue pendait du plafond. Contre un des murs, s'entassait un fatras d'objets de plage — une palme solitaire, un casque de plongée, un parasol aux baleines tordues, des restes de chaises longues. Une odeur de moisi leur monta aux narines. Hakim s'avança jusqu'au milieu de la pièce. Un souvenir de moquette adoucissait le sol. Le jeune homme souleva un bout du tapis et découvrit une trappe métallique, fermée par un verrou.

— Des caches d'armes, j'en ai d'autres. Celle-ci, c'est ma première. Avant la mort de mon père, on avait un gros bungalow sur la plage. Ma mère a vendu, mais elle a gardé cette petite piaule pour la louer. C'est moi qui m'en sers, comme tu vois...

Mustapha ne répondit rien. Jamais il n'avait vu Hakim parler autant. Et de sa vie personnelle, en plus. Cette entorse aux habitudes le mettait mal à l'aise. Ils se penchèrent au-dessus de la fosse. Mustapha poussa un juron d'admiration. Et se redressa, vaguement inquiet.

— Pourquoi tu me montres tout ça ? demanda-t-il abruptement.

Hakim étouffa un rire. Il déblaya le dessus d'une caisse et s'assit.

— On se connaît assez, non ? Depuis la 9e, on a fait tous nos coups ensemble.

— Ouais, et alors ? dit l'autre, toujours méfiant.

— Oh ça va ! Pas la peine de stresser, lança Hakim, soudain énervé.

Il s'en voulait déjà de s'être trop confié. Cet imbécile de Mustapha était aussi mûr qu'un raisin en juillet. Trop vert. Trop con. Une Sainte-Nitouche.

— On va à Oran. Et, ce coup-ci, tu ne vas pas te contenter de planquer, poursuivit-il d'une voix coupante. Faudra sans doute que tu dégaines. C'est un gros contrat.

Mustapha fronça les sourcils. Il commençait à comprendre.

— Si jamais ça se passe mal, tu sauras comment faire... pour me venger et continuer le bizeness. Pigé ? ajouta Hakim, avec un sourire glacé.

Mustapha poussa un soupir. Son premier réflexe de méfiance s'était envolé. Une autre sorte d'angoisse, plus subtile, lui faisait battre le cœur.

— Le frère de Khaïs, tu le connais ? lâcha-t-il tout à trac.

— Salah, celui qui est chef de maquis ? répondit Hakim, en masquant sa surprise.

— Ouais, celui de l'AIS, quoi ! D'aller là-bas, ça ne t'a jamais tenté ?

— Si, mais ça m'a vite passé. C'est comme l'armée, leur truc. La discipline, les petits chefs, la baise une fois par semaine. Et puis la prière cinq fois par jour, moi ça me fait chier, purée !

Mustapha eut un gros rire et se tapa sur les cuisses.

— Qu'est-ce qui te fait rigoler comme ça ? On dirait un débile, ma parole ! s'écria Hakim.

Il regardait Mustapha d'un air furieux. Pour se calmer, il alluma une cigarette.

— Tu m'en files une ?

— Va te faire voir, tu me les gonfles, répondit le fils Areski.

— C'est de penser aux filles qui me faisait marrer, s'excusa l'autre.

— Tais-toi, tu me fatigues !

Hakim avait repris son visage habituel. La lèvre boudeuse, le regard fermé, il fumait en silence. Au bout d'un moment, il regarda sa montre et désigna la fosse d'un mouvement de menton.

— Tu vois le tas de kalach' ? Tu en prends une. Allez grouille !

Mustapha obéit, sans un mot.

— Tu la planques sous ton blouson. La crosse dans le falzar, vu ?

Hakim se leva, jeta son mégot sur le sol et l'écrasa soigneusement sous la pointe de sa basket. Puis il ferma la trappe et remit tout en place. Dehors, la nuit était tombée. Le vent s'était calmé. Sur le boulevard, une Pajero était garée tous feux éteints. Hakim ouvrit la portière côté passager et fit monter Mustapha à l'arrière. Lui-même s'installa devant, à côté du chauffeur. La voiture démarra sans bruit.

*

Assis à l'avant de la vieille 4L bleu ciel, le coude à la portière, Taoufik Benslimane bâillait à s'en décrocher la mâchoire. Mais il ne parvint pas à effacer la sensation d'engourdissement qui l'avait envahi après le déjeuner. Sans lâcher le volant, Emna Aït Saada se tourna à demi vers lui.

— Tu sais ce qu'ils disent en Mauritanie ?

Le journaliste lui jeta un regard vaseux et haussa les sourcils en signe d'ignorance.

— « On a toute la mort pour dormir » — c'est même devenu le titre d'un film. Si tu voyais ta tronche...

— C'est ta faute. Ton méchoui était trop bon, je me suis goinfré. Et se goinfrer à midi, c'est le coup de massue garanti pour le reste de la journée, rouspéta Taoufik.

— Tu parles du méchoui ou du vin rouge ? ricana Emna, d'une voix mauvaise.

Le journaliste eut un geste agacé. Il extirpa un paquet de cigarettes tout froissé de sa veste et se redressa pour chercher son briquet. Le billet d'avion qu'ils avaient réussi à acheter, grâce au coup de pouce discret d'une vieille amie d'Emna, employée à Air Algérie, gonflait sa poche intérieure droite. Plutôt qu'un billet pour Tam, il avait pris une place pour Tunis. D'ici trois jours, il aurait retrouvé Nadia et les enfants. Dans la poche intérieure gauche de sa veste, se trouvaient les dinars d'Amine. Cette idée le rasséréna. Il alluma une cigarette et se mit à sourire tout seul.

— Tu vois le minaret de la mosquée qui dépasse des arbres ? Prends dans cette direction, lança-t-il à la conductrice.

La géologue obtempéra et tourna aussitôt à droite, engageant la voiture dans un chemin goudronné qui serpentait vers le sommet de la colline. Dans la côte, elle passa en seconde, puis en première.

— Croise les doigts qu'on ne cale pas ! hurla-t-elle par-dessus le bruit du moteur.

— Inch Allah ! répondit Taoufik.

La 4L se traîna jusqu'en haut de la côte, fut soulevée d'un hoquet terrible et cala.

— C'est rien, elle a trop chaud. Il suffit d'attendre un peu, proposa Emna.

— Ce n'est pas la peine, on est presque arrivés. On peut finir à pied, dit Taoufik.

La station-service était fermée. Cela se voyait de loin, à cause de la rangée de bidons qui en interdisait l'accès. Une voiture de police était garée sur le terre-plein, devant les pompes à essence. Emna et Taoufik pressèrent le pas et s'arrêtèrent à la hauteur d'un revendeur de cigarettes américaines. Taoufik prit un paquet.

— Depuis quand c'est fermé ? demanda-t-il.

Il parlait sur un ton désinvolte, en faisant semblant de fouiller dans sa poche. Il sortit deux billets de 100 dinars.

— Vous n'êtes pas du quartier ? répondit le jeune trabendiste, l'air méfiant.

Taoufik secoua la tête.

— Je passe de temps en temps avec la voiture, pour prendre de l'essence. D'habitude, c'est toujours ouvert.

— Vous connaissez le type qui sert ? continua le petit jeune.

— De vue, ouais. Un gros ? répondit Taoufik, du tac au tac.

— Exact. Le gros Lounès, on l'appelait, sourit le gamin en insistant sur l'imparfait.

Taoufik avait pâli. Mais seule Emna le remarqua.

— Il s'est fait égorger ! laissa tomber le gamin, sûr de son effet. On l'a retrouvé ce matin, à côté de son cabanon. Il y dormait, de temps en temps. Il paraît qu'il buvait de l'alcool et que c'est pour ça que les islamistes l'ont tué. Vous voyez, c'est sur ce terrain vague, au bout de la rue... ajouta-t-il avec un mouvement du menton.

Taoufik et Emna s'éloignèrent sans un mot.

— Hé ! monsieur ! Tu ne prends pas ta monnaie ? leur cria le gamin.

La Géante se retourna et lui fit signe qu'il pouvait tout garder. Il les regarda partir, éberlué.

Emna Aït Saada n'eut pas besoin de demander où se situait l'immeuble des deux vieux, à qui le journaliste avait rendu visite au lendemain de l'assassinat de Rabah Touati. Une petite foule silencieuse était agglutinée à l'entrée de l'un des bâtiments. La géologue s'approcha.

Taoufik Benslimane s'était assis un peu plus loin, sur un bout de pelouse râpeuse, préférant la laisser aller seule. Il la regarda parlementer avec une vieille femme en *haïk* puis avec un homme en costume, d'allure affable. Elle questionna brièvement un groupe de jeunes, adossés contre une voiture, devant l'immeuble, puis revint vers lui à pas lents.

— Ceux-là, au moins, ils auront été tués proprement, dit-elle. Fauchés par balles, pendant qu'ils étaient assis au café. C'est quand même plus cool que de se faire découper à l'Opinel ou à la tronçonneuse, non ? rugit-elle d'une voix provocante.

Taoufik s'était levé. Il était blanc comme un linge et ne desserra pas les dents. Emna poursuivit son récit pendant qu'ils retournaient à la voiture, laissée en rade cinq cents mètres plus loin.

— C'était vendredi soir, juste avant la prière. Une Golf noire est passée, avec les tueurs à bord. La fusillade a fait trois morts — le patron du café et tes deux petits vieux. Les gens parlent d'un règlement de compte avec le patron. Il paraît qu'il avait refusé de payer la *zakat* aux islamos du coin. Et sur ce dernier point, je suis prête à parier que c'est la pure vérité !

La 4L démarra sans problème, après deux ou trois faux départs.

— Tu me laisses en ville ? Je vais chez Boubaker, ce soir, indiqua Taoufik.

— D'accordou ! acquiesça Emna.

— J'y dormirai aussi dimanche et lundi : je te

laisse le téléphone pour que tu m'appelles d'Oran. Tu feras attention, quand même, hein ? grogna-t-il en écrivant le numéro de Boubaker sur un petit carnet à spirale.

Il arracha la feuille et la glissa dans le sac de la géologue. Celle-ci ne répondit pas.

— Et toi, tu vas faire quoi ce soir ? insista-t-il.

Emna Aït Saada étouffa un juron à l'adresse d'un automobiliste qui venait de leur faire une queue de poisson. Ils avaient longé l'école des Beaux-Arts et pris à gauche la descente vers Didouche Mourad. La rue était bloquée par les embouteillages. Emna coupa le moteur et poussa un rot de dépit.

— Je vais repasser chez le petit Hocine et lui confier une nouvelle mission, répondit-elle enfin.

— Maintenant qu'on sait que le fils Areski a des copains à la SM, qu'est-ce que tu veux apprendre en plus ?

— Rien à voir avec le fils Areski. Je veux que le petit Hocine surveille les allées et venues du cousin d'Alya, pendant tout le temps où je serai à Oran.

— Tu parles de son cousin Tahar ? Mais pourquoi faire ?

— Je te l'expliquerai plus tard, éluda l'Éminente. Tu sais trop de choses, Taoufik. Pour un journaliste, c'est très emmerdant. Pour un journaliste qui veut faire son métier, s'entend ! Je te l'ai déjà dit, mais tu n'as pas voulu me croire.

Il lui jeta un regard sceptique. Elle poursuivit.

— Moi, ce n'est pas pareil. Je suis totalement inoffensive. Je suis une femme, une universitaire. Et en plus, je ne m'occupe que de cailloux et de fossiles. Personne ne se méfie.

Elle renifla bruyamment et jeta un coup d'œil dans le rétroviseur.

— Pour le moment, c'est un avantage, laissa-t-elle tomber.

Le trafic s'était légèrement débloqué. Elle remit le moteur en marche.

CHAPITRE XI

La maison, une longue bâtisse à un étage, construite en équerre, s'ouvrait sur une cour plantée d'acacias. Une des fenêtres de la cuisine, située au rez-de-chaussée, donnait sur une grande véranda couverte de vigne, qui servait, l'été, de salon et de salle à manger. À l'autre bout de la cour, contre le mur d'enceinte, on avait bricolé un appentis avec des murs en parpaing et un toit de cannisses ; on l'utilisait comme garage. Quand Emna Aït Saada pénétra dans la cour inondée de soleil, vers quatre heures de l'après-midi, l'appentis était vide. Les hommes étaient sortis. Par-delà la haie de cyprès, on voyait scintiller la mer. Elle attendit un peu, guettant un mouvement de rideau ou le bruit d'une porte. Le carillon électrique, qu'elle avait actionné avant de pousser le portail, faisait un boucan d'enfer.

— Madame Aït Saada ! Quelle surprise, entrez vite !

La voix venait de la véranda. La géologue avança, tanguant comme un voilier en perdition. Ses sandales à talons s'enfonçaient dans le gravier avec un crissement mou. Elle avait reconnu la belle-sœur de Yolande Benabdallah et pria pour que son hôtesse soit seule.

C'était la deuxième fois qu'elle venait dans cette maison. Nonobstant le gravier, l'endroit était superbe. « Dommage que mon beau-frère et sa femme aient des gueules de croque-morts ! Dire qu'ils ont eu cette maison au titre des « biens vacants ». On aurait mieux fait de leur offrir une tombe », maugréait souvent son amie française. Le souvenir de Yolande lui redonna courage. Emna Aït Saada se laissa tomber dans un fauteuil.

La géologue avait suivi son hôtesse dans la salle de séjour, une grande pièce fraîche et sombre. Elle commença à débiter, avec une allégresse soudaine, les mensonges emberlificotés qu'elle avait concoctés dans l'avion. Son séjour à Oran était totalement imprévu, expliqua Emna. C'est hier seulement qu'elle avait été informée de l'ouverture de ce colloque à l'université. Le doyen avait insisté pour qu'elle remplace au pied levé un professeur tombé malade.

Sourire aux lèvres, l'épouse d'Omar Benabdallah l'écoutait poliment, en servant le thé et les *makrouds*. C'était une femme âgée d'environ cinquante ans, très maigre, au visage raviné. Elle portait une djellaba noire et un foulard jaune-beige épinglé sous le menton.

— Et donc, comme je vous le disais, je reprends l'avion demain matin, gazouillait la visiteuse, tout en examinant l'intérieur de la maison.

Le frère aîné d'Hassan Benabdallah ne semblait

pas avoir trop souffert de la crise. Son entreprise de transport devait lui avoir rapporté de jolis bénéfices. La pièce était lourdement meublée, avec canapé en cuir vert épinard, magnétoscope dernier cri et téléviseur grand format. Un épais tapis de laine à losanges marron et violet couvrait le carrelage, et les murs étaient décorés de versets du Coran. L'ensemble fleurait le mauvais goût coûteux. Emna Aït Saada se toucha le front du revers de la main, comme si elle avait la migraine. L'hôtesse lui proposa de passer sous la véranda.

— Avec plaisir ! Le voyage m'a fatiguée et l'air me fera du bien, remercia la Géante.

Surtout, elle pourrait entendre la voiture d'Omar Benabdallah arriver, se dit-elle mentalement.

— Encore un peu de thé ? demanda courtoisement la maîtresse de maison.

La visiteuse acquiesça d'un mouvement de tête. Elle avala une gorgée de thé et reposa sa tasse. Elle avait trop tardé. Il était temps de passer à l'action.

— Votre fille Ghania possédait une seule bague en or, n'est-ce pas ? lança-t-elle soudain d'une voix froide.

L'épouse d'Omar Benabdallah la regarda avec stupeur.

— Selon le rapport de la police, votre fille, après avoir été assassinée, a été dépouillée de tous ses bijoux. Soit, en tout et pour tout, un collier et une bague en or. Votre mari a confirmé le fait auprès des enquêteurs. Vrai ou faux ?

Les yeux écarquillés, la lèvre tremblante, la vieille

femme émit un borborygme. Puis elle sembla se ressaisir.

— Oui, c'est vrai. Et alors ! ? Qu'est-ce que ça peut vous faire ! C'est pour me dire ça que vous êtes venue ?

Emna Aït Saada l'observait fixement. Le silence était l'une des meilleures armes pour mettre les nerfs à vif. L'épouse d'Omar Benabdallah se croisait nerveusement les doigts. Quelques secondes passèrent. Elle se leva soudain, prête à exploser.

— Qu'est-ce que vous avez découvert, hein ? Qu'est-ce que vous nous voulez ? jeta-t-elle d'une voix incertaine.

Elle haletait comme un animal pris au piège. Emna Aït Saada se contentait de sourire, sans la lâcher des yeux.

— Pourquoi vous me posez toutes ces questions ? glapissait sa victime. Vous trouvez que je n'ai pas assez souffert ?

Sans répondre, Emna Aït Saada se leva à son tour et entama un mouvement de repli vers la cour. La vieille bourdonnait autour d'elle, comme une mouche affolée. Elle lui barrait la route. L'Énorme fit un pas de côté pour essayer de la contourner.

— Dites-moi pourquoi vous êtes venue ! Dites-le-moi ! se mit à crier la vieille. Si vous touchez à mon Tahar, je vous tue !

Emna Aït Saada cracha par terre. Son coup de bluff avait marché.

— Jamais nous n'aurions dû vous laisser entrer dans notre maison ! Jamais ! continuait l'autre, de plus en plus excitée. C'est cette fille de pute, cette salope de Française qui vous a amenée ici. Et comme tout ce qu'elle a amené...

La gifle l'envoya s'asseoir directement sur le canapé en rotin. L'œil rond, elle regarda l'ogresque créature sortir de la véranda et traverser la cour, ses sandales à la main. L'épouse d'Omar Benabdallah fixa longtemps le portail, bien après qu'il se fut refermé. Ce n'est qu'au moment où elle rentrait dans la maison, qu'elle sentit le sang couler de sa lèvre. Elle s'essuya d'une main machinale et se mit soudain à sangloter comme une enfant.

*

— Attends, laisse-moi deviner !

Plantée au milieu de la cuisine, les yeux fermés comme en extase, Emna Aït Saada respirait les vapeurs odorantes s'échappant de l'immense bassine où mijotait la paella. Assise près du fourneau, les coudes sur la table, Juanita Belkhodja surveillait la cuisson. Un sourire vaniteux flottait sur son visage. La paella était une spécialité de famille, transmise de mère en fille, d'une rive à l'autre de la Méditerranée, depuis plus de trois générations.

— Poivrons, tomates, oignons : tiercé obligatoire. Poulet et calamars : le doute n'est pas permis, décida la Goulue. Pour la suite, nous dirons... Crevettes ?

— Olé ! approuva l'auteur du chef-d'œuvre.

— Et... Je rêve ! Chorizo ?

— Hola ! s'exclama la matrone.

— Mais comment as-tu fait ? On trouve de la charcuterie à Oran, maintenant !

— J'ai un voyageur de commerce épatant. Hispano-marocain, souffla Juanita Belkhodja, avec un rire coquin.

— Je lui ai fabriqué un costume sur mesure, gloussa-t-elle. Très élégant, la vérité ! Un trois pièces en flanelle, avec boutons de nacre et tout. Il a payé rubis sur l'ongle, mais en plus, chaque fois qu'il va en Espagne, il a décidé de me ramener des douceurs. Un coup du Turón, un coup du chorizo ou du jambon, ça dépend.

La géologue s'était attablée près de la vieille Oranaise. Tout en babillant, celle-ci alluma une cigarette, aspirant la fumée avec des mines de chatte. C'était une femme petite, coquette, aux cheveux teints en noir. Ses yeux roux étaient soulignés d'un épais trait de khôl.

— Ne le prends pas mal, mais... Pour la cuisson, il y en a encore pour longtemps ? coupa Emna.

Juanita lui jeta un regard de reproche.

— Entre 20 et 30 minutes. Tu pourras tenir jusque là, ou bien c'est trop long ?

— Pour ce que nous avons en apéro, ce sera parfait au contraire !

Emna Aït Saada sortit de son sac la lettre et la carte postale de Yolande Benabdallah. Elle les posa sur la table en formica. Juanita Belkhodja fit un « oh ! » de surprise. Elle prit la carte postale et la retourna plusieurs fois avant d'en déchiffrer le texte. Elle passa ensuite à la lettre. Ses lèvres bougeaient en même temps qu'elle lisait, soupesant chaque mot.

Elle ponctua la fin de sa lecture d'un claquement de langue admiratif. Puis elle se tourna vers Emna.

— Tu as bien fait de passer me voir. Depuis l'affaire de Yolande, j'étais sûre qu'un jour ou l'autre tu viendrais à Oran.

Elle se leva et ouvrit le buffet mural.

— Pastis ou Campari ?

Les deux femmes trinquèrent en silence.

— On en a pour un moment. Par qui veux-tu que l'on commence ? soupira la couturière.

— Par la morte, dit Emna. Gardons l'espoir pour le dessert !

Elle siffla la moitié de son Campari et grignota une olive noire. Juanita Belkhodja vida son verre de Pastis et rangea les bouteilles d'apéritif. Elle revint avec une chopine de Rioja.

— Je préfère que tu poses les questions, sinon je risque de m'embrouiller.

Emna Aït Saada acquiesça. Elle croisa les bras sur la table et se pencha vers la vieille couturière.

— Parle-moi d'abord de la petite Ghania Benabdallah. Elle en était à combien de semaines de grossesse quand elle est venue te voir pour se faire avorter ?

*

Hakim et Mustapha s'arrêtèrent devant une vitrine de cassettes vidéo. Saddam Hussein (« Discours de la guerre du Golfe ») et Madonna (« Who's that girl ? ») reposaient côte à côte, au milieu d'un fouillis de kung-fu plus ou moins martiaux. Ils hésitèrent un peu, ne sachant quelle direction prendre. Ils finirent par quitter la rue Moulay Mohamed et descendirent vers la place du Maghreb (ex-place de la Bastille) d'où s'échappait un air de raï diffusé à plein volume. « Oran la belle, tu es gaie jour et nuit », chaloupait la Zahouania, dont Hakim reconnut aussitôt la voix chatoyante. Sous les balcons du Grand Hôtel, un palace 1900 au luxe décati, une buvette-crèmerie proposait des « sandwichs tunisiens » et des glaces en cornet.

— On s'achète à bouffer et on retourne à la voiture, décida Hakim.

Assis sous les platanes, la canne entre les genoux, des vieillards en turban pépiaient sans répit, indifférents au vacarme alentour. Près de la buvette, un spécimen de la *tchi-tchi* locale tendait des cornets de glace à deux adolescentes hilares. Mustapha s'approcha. Il s'accouda au comptoir et commanda des sandwichs aux frites et des beignets. Il ne lâchait pas les filles des yeux. Hakim était allé s'asseoir sur un banc et buvait une canette de Coca.

Ils n'avaient eu aucun mal à repérer Emna Aït Saada à sa descente d'avion. Sa silhouette de montgolfière et sa gabardine jaune canari étaient reconnaissables du fin fond du désert. Le vol Alger-Oran n'avait qu'une heure de retard. Eux-mêmes étaient arrivés à Oran au petit jour, après une nuit en Pajero. Le chauffeur les avait laissés à l'aéroport où une autre voiture, moins voyante, les attendait. C'était une vieille Peugeot 404. Le chauffeur était aussi muet et renfrogné que le premier. Hakim était monté devant, Mustapha à l'arrière. La filature n'avait posé aucun problème. Après la maison des Benabdallah, sur la route des Andalouses, ils étaient revenus en ville, dans le quartier du port. Comme prévu, le monstre canari avait fait arrêter son taxi devant chez Juanita Belkhodja — une couturière espagnole qui avait son nom sur sa porte, au 3e étage d'un immeuble branlant. Il ne faisait guère de doute que la grosse y passerait la nuit. Une fois l'endroit repéré, ils étaient allés garer la voiture en dessous de la place de la République. Ils étaient remontés à pied vers le centre ville, laissant le chauffeur faire le guet au bas de l'immeuble de l'Espagnole. Ils voulaient visiter un peu et se trouver de quoi manger.

Tout en mastiquant leurs sandwichs, Hakim et Mustapha s'engagèrent dans la rue des Aurès. Le marché battait son plein. Négligeant les étals de primeurs, ils passèrent en revue les tréteaux de marchandises importées. Un aréopage de bidets et de lavabos rose framboise fabriqués dans la banlieue de Grenade côtoyait une exposition de gadgets électroniques made in Taiwan et des téléviseurs japonais. Mustapha s'acheta une fausse montre Cartier waterproof, tandis que Hakim marchandait avec un vendeur de fourrures synthétiques, qui lui céda une étole en « vison » mauve foncé pour moins de 2 000 dinars.

— C'est pour ma mère, aboya Hakim, devant le regard égrillard de son jeune compagnon.

Ils n'échangèrent plus un mot jusqu'au quartier du port. Hakim avait sa tête des mauvais jours. Ses lèvres étaient tellement crispées qu'on aurait dit une cicatrice. Ses yeux brillaient d'un éclat jaune et froid. Mustapha se tenait à carreau. Hakim était toujours comme ça, la veille d'un contrat. Ce n'était même pas la peine de lui demander une cigarette. Le chauffeur trouva une place pour la voiture, dans un virage en haut de la rue. Hakim approuva d'une moue. Ils pourraient surveiller l'entrée de l'immeuble à tour de rôle. Pendant que Hakim et Mustapha s'installaient à l'avant de la 404, le chauffeur partit se chercher une bière. Il connaissait la ville par cœur. Moins d'une demi-heure plus tard, il était de retour. Son sandwich avalé, il s'allongea sur la banquette arrière, remonta ses jambes en chien de fusil, et s'endormit presque aussitôt.

*

Accroupie près du lit, la jeune pêcheuse passa un linge humide sur le front de la malade. La fièvre ne baissait pas. Bientôt six jours qu'elle délirait. Toujours les mêmes histoires, les mêmes noms qui revenaient. Dalila regarda par l'étroite lucarne le carré de ciel pâlissant. Un lézard faisait une virgule dorée sur le mur de plâtre. D'ici une petite heure, la nuit serait tombée. Il restait de la soupe de poisson. Avec un peu de pain et des olives, ça ferait un dîner honorable.

— Il faut manger si vous voulez guérir. Je vais vous réchauffer de la soupe. Une soupe bien chaude, d'accord ? dit Dalila en se penchant vers la malade.

— Prévenez la Kahéna ! Qu'elle rejoigne le maquis...

Dalila poussa un soupir d'énervement. Voilà qu'elle remettait ça ! Cette femme avait perdu la boule. Il fallait vraiment convaincre la mère de faire venir le médecin.

— Notre campement est inviolable, dites-lui ! Nous avons des missiles. Et des fusils d'assaut pour protéger les arbres. Surtout les pins d'Alep. Et des livres, plein de livres. Et un cinéma en plein air avec Julia Roberts.

La jeune femme prit le bout de carton qui traînait près du lit et s'en servit comme éventail.

— Calmez-vous, là. Un peu d'air, ça fait du bien.

— Fatma N'Soumeur aussi, elle est avec nous, continuait la malade. Elle a son cran d'arrêt au fond du sac à main. Si un type l'embête, hop !...

— Elle lui ratiboise le zob et tout ce qui traîne autour, oui ! ça fait trois jours qu'on le sait, laissa tomber la garde-malade.

Elle se leva pour aller préparer du thé. Dès qu'elle entra dans la cuisine, Scud, le berger allemand, se précipita en agitant joyeusement la queue. C'était un molosse de deux ans, capable de briser les pattes d'un cheval d'un seul coup de mâchoire. En attendant que l'eau bout, Dalila ouvrit la porte-fenêtre et s'assit sur le balcon. Le village s'étendait à ses pieds, dégringolant jusqu'à la crique. Le vent apportait l'odeur de la mer. Sa barque était couchée sur le sable, devant le petit kiosque en bois. D'ici, Dalila la voyait très bien. C'était une belle barque à moteur, de cinq mètres de long. Son père la lui avait offerte, il y a deux ans. Juste avant son accident au cœur. C'était une des plus belles du village. Si la mère n'était pas trop fatiguée en rentrant d'Arzew, elle irait faire un tour le long des rochers, entre onze heures et minuit, pour inspecter les casiers de langoustes. Elle prendrait la torche électrique.

Tous les deux jours, la vieille Malika allait au marché d'Arzew pour vendre le poisson. Ce dimanche, la pêche avait été bonne. Le père était content. Son frère Miloud aussi. Les cageots de rougets avaient dû s'envoler comme des petits pains. Le reste, la mère l'échangerait à la ferme, chez Saïd, contre des œufs ou un poulet.

— Prévenez la Kahéna !

La voix sifflante la fit sursauter. La plainte arrivait jusque dans la cuisine. Dalila quitta la pièce en fermant bien la porte et retourna voir la malade. La chambre où on avait installé son lit — un matelas, posé sur une natte — était un minuscule réduit, qui servait d'habitude de débarras. La mère avait ordonné qu'on le vide et qu'on le nettoie à grande eau, pour y installer l'étrangère.

— La Kahéna doit prendre d'assaut les maquis et les casernes. Il faut tuer la guerre dans l'œuf. Dans l'œuf ! Les maquis, les casernes, hop !..

Dalila souleva la tête de la malade et lui fit boire un peu de thé.

— Trop de pins ont été égorgés... Même les petits... Au napalm... Au couteau... À la pioche...

La jeune pêcheuse trempa le linge dans la bassine d'eau froide et l'essora. Elle épongea le front de la malade. Cette dernière semblait épuisée. Un léger sourire flottait sur ses lèvres. Cette fois, elle s'était tue. Dalila profita de l'accalmie pour aller faire chauffer la soupe. Elle revint cinq minutes plus tard avec un bol fumant. À sa grande surprise, la femme se laissa faire. Le coussin calé dans le dos, elle avalait les cuillerées de soupe que la garde-malade approchait doucement de ses lèvres. Elle gardait les paupières mi-closes, trop sonnée pour ouvrir les yeux. Mais elle but son bol en entier.

Pour la première fois depuis son arrivée à Port-aux-poules, Yolande Benabdallah dormit d'un sommeil paisible. Au réveil, le lundi matin, quand Dalila lui apporta du thé et un peu de pain, elle la salua avec étonnement et lui demanda où elle se trouvait. La fièvre était passée. Sitôt la nouvelle connue, la vieille Malika apporta ses coussins dans la chambre et s'installa à côté de son invitée. Yolande Benabdallah était guérie.

*

Le taxi, un fourgon-break, arriva dans le village ce même lundi, vers midi et demi. Il remonta la rue principale, tourna à droite, et se gara devant une maison basse, dont un mur en parpaing attendait d'être crépi. La maison était bien située mais elle ne payait vraiment pas de mine. Le chauffeur eut une moue dégoûtée et donna trois coups de klaxon, tandis que sa cliente, une sorte de pachyderme habillé en jaune canari, s'extirpait péniblement du véhicule. Le chauffeur ouvrit le coffre et déposa à l'entrée du garage un énorme couffin rempli de nourriture, un sac de voyage et une bonbonne de gaz. Des aboiements furieux se firent soudain entendre. L'homme retourna précipitamment vers sa voiture, y monta et claqua la portière. Dès qu'il eut empoché le prix de la course, il remit le moteur en marche et démarra.

Emna Aït Saada et Yolande Benabdallah s'étaient jetées dans les bras l'une de l'autre, en pleurant comme des veaux. La Très-Grosse fut la première à se dégager.

— On a un menu chargé, ma Yoyo ! dit-elle en forçant son amie à s'asseoir.

Celle-ci se laissa tomber sur le canapé, à côté de la vieille Malika. C'était une femme à l'allure élégante, malgré l'absence de maquillage et les nippes dont elle s'était docilement accoutrée. Elle avait des grâces de danseuse et un maintien altier, dégageant une impression de force, de dureté un peu masculine. Son visage était pâle et creusé. Sous les sourcils froncés, ses yeux gris-vert ne quittaient pas Emna Aït Saada. Celle-ci parlait d'une voix forte.

— Ce n'est pas que je n'aime pas le farniente. Surtout à Port-aux-poules, chez cette chère Malika ! dit-elle, en adressant un large sourire à la maîtresse des lieux.

— D'ailleurs, avant toute chose, nous allons festoyer pour célébrer nos retrouvailles ! ajouta-t-elle.

Elle alla s'affaler dans un fauteuil en plastique blanc, dont les montants protestèrent faiblement. Un tintement de couverts venait de la cuisine.

— Je me suis arrêtée chez Georgette, en passant à Mostaganem, dit-elle. Je pensais qu'elle avait quitté le pays, mais non ! Bon pied, bon œil. C'est elle qui nous a préparé le ragoût de chevreau.

Yolande Benabdallah fixait son exubérante amie

avec un mélange d'incrédulité et de curiosité. Elle resserra les pans de sa robe de chambre, une cotonnade aux couleurs fanées que lui avait prêtée Malika. Celle-ci lui passa un bras autour des épaules et la secoua doucement, comme pour la bercer.

— La pauvre Yolande est très fatiguée, dit la vieille pêcheuse en regardant Emna. Elle a eu la fièvre sans arrêt jusqu'à ce matin. On aurait dit qu'elle t'attendait !

Yolande Benabdallah paraissait ne plus entendre ce qui se disait autour d'elle. Elle battait des paupières, comme pour lutter contre le sommeil. La vieille Malika se leva du canapé et y allongea la dormeuse.

— On la réveillera pour manger, dit-elle. Allons dans ma chambre, on sera plus tranquilles. Dalila va nous apporter du thé.

Les deux femmes s'assirent au bord du lit. Une photo de jeunes mariés était posée sur la table de chevet. Malika tira l'un des rideaux, pour faire entrer un peu de lumière. Un rayon de soleil se coucha sur le tapis. La vieille matrone se racla la gorge, retroussa un peu ses jupes et se lança dans son récit d'une voix lente et éraillée.

— Elle a d'abord atterri chez Saïd, tu sais, le paysan chez qui je vais prendre des œufs et des légumes, celui qui a sa ferme à la sortie d'Arzew. Va savoir — Inch Allah ! — par quel miracle elle a atterri là ! La femme de Saïd l'a trouvée un soir, effondrée près du poulailler, à moitié évanouie. Avec une blessure au front et une côte fêlée. Et pardessus le marché, elle divaguait comme une perdue !

Saïd était bien embêté. Se retrouver avec une Française à moitié folle sur les bras... On se fait couper en morceaux pour moins que ça ! Heureusement pour lui, à un moment, elle a dit mon nom : « Malika de Port-aux-poules » ! Elle était en train de délirer, de parler d'une espèce de maquis dirigé par la Kahéna et Fatma N'Soumeur — tu vois un peu l'imagination ! — et elle a sorti mon nom. Saïd, ma parole ! il n'a fait ni une ni deux : il a mis la Yolande au fond de sa camionnette et il me l'a amenée ici. C'était il y a une semaine.

Malika Larbi renifla, se racla de nouveau la gorge, puis se tint silencieuse. Emna Aït Saada enleva ses sandales et observa longuement ses doigts de pied.

— Ton fils Miloud est toujours un bon bricoleur ?

— Toujours ! C'est le meilleur, répondit la vieille Malika.

Elle savait qu'il ne servait à rien de brusquer le cours des choses en posant trop de questions. Emna et elle se connaissaient depuis vingt ans.

— Normalement, il sera là pour déjeuner, précisa-t-elle.

Il y eut un léger grattement à la porte. Dalila passa sa tête dans l'embrasure.

— Miloud vient d'arriver. Je vous apporte le thé ou on passe tout de suite à table ? Le chevreau est à point. J'ai préparé aussi un couscous au poisson, au cas où. Et une méchouia en entrée.

— Apporte le thé et dis à Miloud de venir. Emna veut lui parler.

Il était environ deux heures de l'après-midi quand ils passèrent à table. On avait gardé les persiennes baissées, pour se protéger de la chaleur et calé la porte de la salle à manger avec de gros galets pour faire courant d'air. Yolande Benabdallah s'assit à la droite d'Emna. Son visage était détendu mais son regard flottait, absent. Elle avait mis une robe légère, en coton orangé. Elle ressemblait à une enfant. Le reste de ses affaires était rangé dans le sac de voyage que la géologue avait apporté d'Alger. Le chien s'était couché à ses pieds. La vieille Malika trônait en bout de table, son fils Miloud, un jeune type à lunettes, assis à côté d'elle. Dalila entra avec la marmite de ragoût.

— Tu en mettras de côté pour ton père. Je vais à l'hôpital demain, dit la mère.

C'est elle qui fit le service.

Le léger choc des deux boîtes de conserve, accrochées au bout de leur ficelle, les interrompit au moment du dessert. Miloud posa le couteau avec lequel il s'apprêtait à ouvrir une pastèque et se dirigea sans bruit vers le couloir. Dalila tenait le chien et lui parlait doucement pour qu'il n'aboie pas. Yolande Benabdallah souriait aux anges. Emna et Malika la soulevèrent de sa chaise et l'emmenèrent jusqu'à sa chambre.

— Ils sont dans le garage, murmura Emna Aït Saada.

Elles assirent la Française par terre, sur son matelas.

— Tu restes avec elle jusqu'à ce que tout soit fini, ajouta Emna.

Hakim tira une première rafale contre la porte de la cuisine, qui s'ouvrit toute grande sous l'impact des balles. Il allait en tirer une seconde quand une douleur aiguë à l'épaule lui fit lâcher son arme. Le berger allemand lui sauta de nouveau à la gorge, babines retroussées. Hakim poussa un juron. De la salle à manger, Dalila encourageait l'animal. Elle ne voyait rien, mais suivait la scène en écoutant les bruits de la lutte et les grondements du chien. Soudain, des pas précipités se firent entendre dans le couloir. Un coup de feu retentit. Suivi d'un gémissement.

— Scud !

Dalila s'était précipitée. Une masse énorme la percuta, alors qu'elle se penchait vers le berger allemand, l'envoyant se cogner contre le mur du couloir. Des cris sourds montaient du garage. Puis le battant du portail claqua. Dalila se releva, haletante. La maison était redevenue silencieuse.

— Maman ?

Malika Larbi ouvrit la porte de la chambre et passa la tête dans le couloir.

— Je suis là, avec Yolande. Tu n'as rien ?

Toute la population du village s'était rassemblée sur la plage. Bien qu'il ait perdu ses lunettes, on avait reconnu Miloud, le fils des Larbi. Une créature monumentale, de sexe féminin, marchait à côté de lui. Elle tenait quelqu'un dans ses bras. De loin, on pouvait croire que c'était un gamin. Il se débattait comme un diable, battant l'air de ses pieds. C'était un jeune, en fait. Entre vingt-cinq et vingt-huit ans. Plutôt beau gosse, d'après ce qu'il en restait. Son cou était nappé de sang, ses yeux étaient brouillés de larmes et il hurlait comme un âne. Quand Miloud l'attacha au fond du canot, à côté de la bonbonne de gaz, un frisson parcourut la foule. Mais personne ne bougea. Debout à côté de la barque, de l'eau jusqu'aux mollets, Miloud mit le moteur en route. Il avait bloqué le gouvernail et l'embarcation fila droit vers le large. Miloud regarda sa montre et murmura quelque chose à l'adresse de son étrange compagne. Tout le monde retint son souffle. À près de 800 mètres de la rive, l'explosion souleva un champignon liquide, ruisselant brièvement de lambeaux roses et noirs.

La foule se dispersa lentement. Une femme en *haïk* demanda à Miloud si ils n'avaient besoin de rien. C'était une vieille amie de la famille. Miloud la remercia. Il rejoignit Emna Aït Saada qui remontait la plage.

— Tu es sûr que personne n'avertira les flics ? lui lança-t-elle.

— Ici, on se serre les coudes. C'est la loi du village, on n'en connaît pas d'autres. Et celui qui l'enfreint...

Il se passa le doigt sous la gorge et éclata de rire.

— Pourquoi on dit toujours « sourire kabyle » ? Ce sourire-là, on le fait partout ! ajouta-t-il.

— C'est bien ce qui m'ennuie, répondit Emna.

*

Malika et sa fille avaient ramené Yolande Benabdallah dans la salle à manger. La tête dodelinante, le sourire vague, celle-ci s'était laissé transporter d'une pièce à l'autre sans plus de réaction qu'un pantin. Les deux femmes l'avaient assise sur le canapé. Puis elles s'étaient concertées à mi-voix. Tandis que la vieille Malika commençait à ranger la table et à empiler les assiettes sales du déjeuner, Dalila avait filé à la cuisine. Elle en revint une minute plus tard avec une bouteille de boukha.

— Allez Yoyo, tu bois cul sec ! ordonna la matrone.

Dalila approcha l'alcool de figue des lèvres de la Française. Celle-ci saisit le verre de ses deux mains tremblantes et en but une gorgée. Elle se mit à tousser et secoua la tête en signe de refus.

— Ce n'est pas de l'alcool qu'il me faut mais un café bien serré, murmura-t-elle.

Elle bâilla, la main devant la bouche, puis s'étira comme une chatte. Un peu vexée, la vieille Malika reboucha la bouteille de boukha et, d'un haussement de sourcils, ordonna à sa fille de retourner à la cuisine préparer du café.

— Moi, l'alcool, ça m'endort ! ajouta Yolande Benabdallah avec un sourire d'excuse.

Quittant le canapé, elle s'était approchée de la fenêtre et observait la mer. Elle recula et esquissa quelques mouvements de gymnastique. La vieille Malika la regardait faire avec une moue boudeuse. Yolande Benabdallah se massait les épaules, tournant la tête de gauche à droite avec vigueur. Elle enchaîna plusieurs exercices d'assouplissement. Puis elle retourna s'asseoir et bâilla de nouveau.

— Cette fois, on dirait que tu es guérie pour de bon ? lança Malika.

Yolande Benabdallah s'arrêta de bâiller.

— Bouger, il n'y a que ça de vrai ! J'avais l'impression d'être une vieille chose rouillée.

Dalila entra avec un plateau et le posa sur un guéridon.

— Je vous laisse vous servir le café. Il faut que j'aille voir le chien. Je l'ai installé dans un coin du garage pour qu'il soit bien au calme. J'espère qu'il n'a pas gratté son pansement.

La jeune pêcheuse quitta la pièce en faisant claquer ses tongs. Elle croisa Emna dans l'escalier. Celle-ci s'arrêta un instant et s'épongea le front. Elle n'avait pas ouvert la bouche et gardait un visage impavide. Dalila la considéra avec surprise. De la part d'Emna, ce silence était étonnant.

— Et alors, les deux types, qu'est-ce qu'ils sont devenus ? demanda Dalila.

Appuyée contre la rampe, la géologue la considéra un instant d'un œil las et poussa un bref soupir.

— Le plus jeune a réussi à s'enfuir. Le plus vieux a rejoint les vastes paradis d'Allah en bonbonne-express. Mais je ne me fais pas d'illusions. Ces petites crevures repoussent comme du chiendent, souffla-t-elle. Un de tué, dix de retrouvés. À propos de dent, comment va ton chien ?

— Pas trop mal. Une balle dans la cuisse. Il s'en sortira, dit Dalila. Et Miloud, où est-il ?

— Au port, avec ses copains. Moi je rentre, j'ai une faim de loup. Malika et Yoyo sont là-haut ?

Dalila fit oui de la tête. Tandis que la jeune femme descendait au garage, la Géante reprit sa lente ascension. Dans la salle de séjour, Malika

Larbi et Yolande Benabdallah avaient dégagé un bout de table et s'y étaient installées pour boire le café. Emna Aït Saada entra sans un mot et se laissa tomber sur le canapé qui grinça violemment. La vieille pêcheuse lui tendit une tasse de café.

— Un beignet au miel ?

Le visage de l'Immense s'éclaira. Malika posa le plat de pâtisseries sur une table basse, près du canapé. Elle s'adossa au mur et regarda la géologue s'empiffrer de gâteaux.

— Comment as-tu su que ces deux petites frappes te suivraient jusque chez moi ? demanda-t-elle, au bout de quelques minutes.

— Observation et déduction sont les mamelles de la survie, sourit l'Opulente.

— Arrête de plaisanter, Emna ! Dis-nous ce qui s'est passé pour de bon, s'énerva Yolande Benabdallah.

— Je vois que ma chère Yoyo a repris du poil de la bête. Ce n'est pas trop tôt ! ricana la géologue, avec un clin d'œil attendri.

Elle goba le dernier *makroud*, se lécha les doigts et poussa un rot primesautier.

— Cela fait un moment que je me sais suivie. Sinon en permanence, en tout cas de manière très serrée. Quand je suis arrivée à Oran, le frère de mon amie Zoubida m'a beaucoup aidée. Il était venu m'attendre à l'aéroport et m'a accompagnée en taxi jusqu'à la maison de ton beau-frère, Omar Benabdallah. C'est grâce à lui que j'ai repéré les types. Deux jeunes et un chauffeur dans une vieille Peugeot 404. Je les ai retrouvés le soir, garés à deux pas de chez Juanita. J'ai mis mon vieux *haïk* et je suis sortie voir. J'ai reconnu tout de suite le chef de la bande, un jeune avec une boucle d'oreille en or. Taoufik avait déjà eu l'occasion de le croiser plusieurs fois à Alger. C'est un tueur à gages, un dénommé Hakim Areski. Un free-lance du crime, bien coté dans la profession. C'est lui que Miloud et moi avons, cet après-midi même, fait passer de vie à trépas — qu'Allah nous pardonne, mais c'était trop tentant !

— Mais comment as-tu deviné qu'il rentrerait dans la maison de Malika pour essayer de nous descendre ?

— Réfléchis deux minutes, ma Yoyo. Si c'était moi, et moi seulement, que ce petit truand devait descendre, il avait eu mille occasions de le faire, soit à Alger, soit pendant mon escale à Oran. Or, il n'a rien tenté. Cela signifie qu'il me suivait pour autre chose. Il me suivait pour retrouver la piste de quelqu'un. Et ce quelqu'un...c'était toi !

— Tout de même, c'est bizarre, dit Malika. Personne ne savait que tu venais chercher Yoyo. Même moi, je n'étais pas au courant.

Emna Aït Saada éclata de rire.

— Mais si, des tas de gens étaient au courant ! En Algérie, c'est encore mieux qu'en France. Les téléphones ont toujours eu des tas d'oreilles. En plus, c'est beaucoup plus démocratique. Tout le monde écoute tout le monde : les policiers, les types de la SM, les employés de la poste... Mes « anges gardiens » n'ont eu aucun mal à savoir que je partais à Oran. S'ils ne l'ont pas découvert par les écoutes, ils l'ont appris par Air Algérie. On a des flopées de mouchards, dans notre pays. Et ça s'exporte mieux que les dattes !

— Mais le coup de la bonbonne... Qu'est-ce qui t'a poussé à acheter une bonbonne de gaz avant de venir à Port-aux-poules ? insista la matrone.

— Là encore, simple déduction. Après avoir compris que les tueurs voulaient la peau de Yoyo, je me suis dit qu'ils n'avaient pas quarante solutions. Ils ne pouvaient frapper que là où Yoyo se planquait. Autrement dit à Port-aux-poules, chez Malika. Vu la taille du village, ils avaient intérêt à frapper vite et fort. Et nous, nous avions donc intérêt à organiser une riposte à la mesure. D'où l'idée de la bonbonne : je savais que Miloud était capable de la bricoler.

— Mais qui t'a dit que je viendrais chez Malika ? souffla Yolande Benabdallah.

— Juanita. C'est elle qui m'en a parlé hier au soir. Je t'ai dit que j'ai passé la nuit chez elle. On a causé jusqu'à trois heures du matin, en éclusant une bonne bouteille de Rioja et deux kilos de paella. Excellente, la paella — avec du chorizo et des crevettes !

Emna Aït Saada renifla pensivement. Le plat de beignets était vide, la cafetière aussi. La maîtresse de maison se leva sans rien dire et disparut vers la cuisine. Restées seules dans la salle de séjour, l'Énorme et son amie gardèrent le silence pendant un long moment. Finalement, Yolande Benabdallah leur servit un petit verre de boukha. C'est la géologue qui reprit la parole.

— La première lettre, celle où tu évoques le trafic d'armes et où tu donnes la recette du couscous, Juanita m'a dit que c'est elle qui l'avait postée. Elle a reconnu l'enveloppe. Les dates correspondent. Mais la seconde, la carte postale où tu parles de Ghania et de « la Roussette », qui l'a mise à la poste ? Que t'est-il arrivé entre ton départ de chez Juanita et la ferme d'Arzew où tu as fini par t'écrouler ?

— Au départ, c'est vrai, je pensais filer directement à Port-aux-poules, soupira Yolande Benabdallah.

Tout en parlant, elle tripotait machinalement son verre.

— Mais au dernier moment, j'ai changé d'avis. J'ai eu peur de me faire repérer. C'est petit, Port-aux-poules... Alors je me suis souvenue de ce couple d'amis, que je n'avais pas vus depuis des lustres, et qui habitent à Sidi Bel Abbès. On s'écrit une ou deux fois par an. Ils ont une grande maison, dans les quartiers nord de la ville. Je me suis dit que, de là, je pourrais facilement gagner Tlemcen et Maghnia, et passer la frontière du Maroc. J'aurais été sauvée.

Yolande Benabdallah reposa son verre sur la table.

— Me voila donc partie pour Sidi Bel Abbès. J'avais tout préparé dans ma tête. Pour brouiller les pistes, j'envisageais de faire d'abord escale à Sig, où habite ma vieille amie Khalida — tu sais, la prof de français ? Elle est retraitée, maintenant, et...

Malika venait d'entrer dans la pièce. Elle portait une marmite fumante qu'elle posa sur la table. Puis elle sortit trois bols, trois cuillères à soupe, et tendit une louche à Emna.

— Soupe de poissons maison, avec purée de sardines et rougets frits à l'ail. Yoyo, le pain est derrière toi.

Emna Aït Saada, la face illuminée d'un sourire extatique, passa aussitôt à l'attaque. Yolande Benabdallah et la vieille Malika l'observaient avec un soupçon d'inquiétude. Il n'était pas tout à fait cinq heures de l'après-midi. La Française prit une légère inspiration et continua son récit.

— Juanita m'avait prêté un *haïk*. C'est comme toi : avec ça sur la tête, j'étais sûre qu'on ne me reconnaîtrait pas. Les yeux pouvaient me trahir, mais il suffisait de faire attention. Je file donc de bon matin jusqu'à la station de taxis et je monte à l'arrière d'une fourgonnette pour Sig. Jamais je n'ai tant regardé les pieds des gens pendant un voyage en voiture ! Mais passons. Une heure après j'étais chez Khalida. Tout se déroulait comme prévu. Khalida, évidemment, a été adorable. On a beaucoup parlé. Le soir, pendant le dîner en famille, il y a eu une dispute bizarre entre les deux filles de la maison. Le mari de Khalida est un ancien prof, lui aussi. Le genre lettré kabyle, mais rigolo. Il connaît à fond toute son histoire berbère, et te parle de la Kahéna et de Fatma N'Soumeur comme s'il avait gardé les moutons avec elles. Et voilà qu'à un moment donné, dans le fil de la conversation — qui roulait, comme d'habitude sur l'histoire des Berbères —, Assia, la plus jeune des deux filles, se met à raconter qu'elle a lu un article dans le journal à propos d'un maquis de femmes soi-disant baptisé Fatma N'Soumeur. Elle explique que ce maquis a été formé pour dénoncer la guerre et sauver, je cite, « les femmes et les enfants de la folie des porte-couilles ». Là-dessus, va savoir pourquoi, sa sœur Leila prend la mouche. D'après elle, cette histoire n'a jamais été publiée dans le journal, c'est seulement une rumeur. Elle traite la petite Assia de « menteuse » et de « mythomane ». L'autre hurle, insulte son aînée et menace d'en venir aux mains. Il faut l'intervention du père pour ramener le calme. À ma grande surprise, il ne donne tort ni à l'une ni à l'autre. Khalida non plus. Elle dit même qu'elle a, elle aussi, entendu parler de cette histoire de maquis — rapportée « en termes moins grossiers », précise-t-elle. Selon sa version à elle, le maquis en question ne porterait pas le nom de Fatma N'Soumeur mais celui de la Kahéna. C'est ce que lui ont raconté ses amies, au hammam. On dit que beaucoup de femmes et de filles portées disparues sont, en réalité, parties dans les montagnes, pour créer des maquis. Elles font des opérations commandos pour piquer les armes et les détruire. D'après Khalida, même si ce n'est pas raconté dans le journal, cela reste tout à fait plausible. Elle pense même qu'il y a plusieurs maquis de femmes, répartis dans tout le pays.

— Voila pourquoi tu divaguais avec ton histoire de maquis. Maintenant, je comprends tout ! soupira la vieille Malika.

— Je divaguais ? dit Yoyo, surprise.

— Et comment ! Pendant une semaine, tu n'as pas arrêté de nous bassiner avec tes délires de maquis. La Kahéna par-ci, la Ben N'Soumeur par-là... Et pas une seule Arabe dans le tas, *oualou* ! maugréa la matrone.

— C'est à Khalida que tu as confié la carte postale ? coupa Emna.

— Oui, je la lui ai remise le lendemain matin, juste avant mon départ pour Sidi Bel Abbès. Elle m'a promis qu'elle la posterait elle-même, à Oran.

— C'est ce qu'elle a fait. Mais toi, après ? Tu as pris l'autocar pour Sidi Bel Abbès ?

— Je l'ai pris, oui. Mais nous n'y sommes jamais arrivés ! dit Yolande Benabdallah.

— Un attentat ! ? souffla la vieille Malika.

— Non, un faux barrage. On roulait depuis une demi-heure par là, on était au milieu des vignes, quand tout à coup, juste après un virage, on voit des types avec des fusils, planqués derrière des sacs de sable. Ils bloquaient à moitié la route. De loin, on aurait pu les prendre pour des soldats normaux. Mais arrivés à leur hauteur, on ne pouvait plus se tromper : ils avaient beau porter des surplus militaires, c'était des barbus pur jus.

— *Ya robbi*, c'est incroyable ! murmura Emna, en posant sa cuillère.

— J'ai failli m'évanouir sur mon siège. *Haïk* ou pas *haïk*, j'étais sûre d'avoir le cou tranché. Devant moi, il y avait un jeune permissionnaire. Je l'ai entendu pleurer. Sans même y penser, je me suis mise à prier. Moi qui me croyais athée jusqu'au trognon... Bref, c'était la fin des haricots.

Emna Aït Saada et Malika Larbi étaient pendues à ses lèvres.

— Accouche, Yoyo ! Que s'est-il passé ensuite ? siffla la Géante d'une voix raidie par l'émotion.

— Le chauffeur a eu un coup de génie. Il a fait avancer le car jusqu'à la hauteur des tas de sable, comme si de rien n'était. On roulait presque au pas. Les cinglés d'Allah poussaient des cris et faisaient de grands gestes avec leurs fusils pour que le car se range sur le bas-côté. Ils avaient l'air excités comme des hyènes reniflant la charogne. Mais au moment où on était censés stopper, hop ! le chauffeur a brusquement accéléré. Il a foncé dans le tas.

Un « Oh ! » d'excitation s'éleva de l'auditoire. Ravie de son effet, Yolande Benabdallah émit un léger gloussement. Elle se tortillait sur sa chaise, rose de plaisir.

— Le car a fait un bond et on s'est mis à foncer sur la route, droit devant nous. Les autres nous tiraient dessus, on entendait les balles siffler. On faisait du 120 km/h, je le voyais au compteur. L'aiguille tremblotait, elle est montée jusqu'à 130. J'avais tellement la trouille que j'en ai oublié de rajuster mon *haïk*. Dans le car, tout le monde braillait pour féliciter le chauffeur, les femmes lançaient des youyous, c'était vraiment la foire.

— Le chauffeur n'a pas ralenti ? s'étonna la géologue.

— Lui-même était tellement soulagé d'avoir échappé au carnage qu'il n'a plus trop fait attention à la route. Et c'est comme ça qu'on s'est retrouvés dans les vignes, les roues en l'air, s'esclaffa Yolande Benabdallah.

— Il n'y a pas eu de blessés ? lança la vieille Malika.

— Des commotions, mais rien de grave. C'est dans l'accident que que j'ai écopé de mon joli bleu et d'une côte fêlée.

Emna Aït Saada s'était remise à manger. Malika remplit leurs trois verres d'une goutte de boukha.

— On devait être une vingtaine de passagers au total. À peine remis du choc, et sans que personne se soit concerté, on s'est mis à courir, les uns à droite, les autres à gauche. En moins de cinq minutes, on s'était tous éparpillés comme un vol d'étourneaux. Chacun n'avait qu'une obsession : s'éloigner le plus vite possible de la plaine où était installé le barrage d'islamistes. J'ai fait comme tout le monde, j'ai marché. Au bout d'une heure ou deux, j'ai aperçu un hameau. Prenant mon courage à deux mains, j'ai décidé de quitter les sous-bois et de rejoindre la route goudronnée. Une fourgonnette bâchée s'est arrêtée à ma hauteur. Le conducteur, un jeune paysan, m'a fait signe de monter. Les yeux baissés, j'ai obéi. Il m'a dit qu'il allait à Mostaganem, j'ai fait oui de la tête, en priant pour qu'il ne se lance pas dans une grande conversation. Mais il n'a pas ouvert la bouche.

— Vous êtes allés jusqu'à Mostaganem ? demanda Emna, intriguée.

— Penses-tu ! Mais c'est de ma faute aussi. J'ai fait comme le chauffeur du car : je me sentais tellement soulagée d'avoir échappé à la mort, que je me suis laissée aller.

— Tu t'es mise à chanter ? éructa la Géante.

— Non, quand même ! Mais j'ai levé la tête. Dès qu'il a vu mes yeux bleus et mon front plein de sang, le type a pilé net. Il était fou furieux. Il hurlait qu'il n'allait pas risquer sa vie pour une *roumia*. Il a fait le tour de sa voiture et il est venu m'ouvrir la portière pour que je descende.

— Mais il t'a laissée dans quel coin, cet enfant de putain ? s'exclama Malika.

— Aucune idée. C'était la rase campagne. Des champs d'oliviers et la garrigue à perte de vue. Comme seul repère, j'avais le soleil. Je me suis remise à marcher. La tête me faisait mal, ma côte aussi. La nuit est tombée, mais j'ai continué à marcher. À un moment, j'ai du m'évanouir de fatigue. Quand je me suis réveillée, l'aube se levait à peine. J'étais gelée, je grelottais. Je me suis remise en route. J'avais l'impression d'avoir la tête en feu. Je ne sais pas combien de temps ça a duré. Deux jours ? Trois jours ? Un matin, j'ai ouvert les yeux et j'ai vu Dalila qui me tendait un bol de thé.

Malika Larbi s'était levée de table. Elle couvrit les épaules de Yolande Benabdallah d'un châle rouge et lui donna une petite tape amicale sur le bras. Emna Aït Saada poussa un rot charnu, plein de béatitude. Puis elle consulta sa montre et grogna.

— Ma chère Yoyo, l'heure du vrai départ a sonné. Dalila va te conduire en canot jusqu'à la côte marocaine. Miloud est allé chercher Alya à l'aéroport. Ils nous attendent sur la plage. Nous n'avons pas une minute à perdre.

CHAPITRE XII

Le petit Hocine avait du négocier serré avec le fils du laitier, avant de réussir à emporter le morceau. Cancre notoire mais propriétaire d'une 125 Yamaha astucieusement rafistolée, le jeune Rachid, dit Rachidou, était une des terreurs les plus adulées du quartier. Le petit Hocine n'avait comme seul atout que sa réputation de grosse tête. L'approche du baccalauréat le servit. En échange de deux contrôles d'arabe et d'un devoir de grammaire française, que le petit Hocine s'engageait à faire à sa place d'ici la fin du mois de juin, Rachid avait accepté de jouer les chauffeurs pour une journée entière — « c'est à dire 24 heures d'affilée, pas une de plus, pas une de moins », comme son intraitable petit morveux de voisin le lui avait demandé.

C'est ainsi qu'ils s'étaient retrouvés, lundi, en fin de matinée, en train de faire le pied de grue à 200 mètres de l'entrée du restaurant le Djenné. Accroupis à côté de la bécane, Rachid et le petit Hocine attendaient.

Prendre en filature le cousin d'Alya s'était révélé

beaucoup moins compliqué que prévu. Durant son séjour à Alger, Tahar Benabdallah logeait, comme son oncle Ahmed et sa tante Badia, dans l'appartement de feu Hassan le garagiste. C'est à dire sous les fenêtres du petit Hocine. Levé à l'aube, ce dernier avait vite préparé un thermos de café au lait, qu'il avait déposé au pied du lit de la vieille Nanna. Il avait ensuite patienté deux heures entières, le nez collé à la vitre, jusqu'à ce que le jeune Oranais apparaisse dans son champ de vision. Rachid et sa bécane piaffaient mollement sur le parking, planqués derrière le vieux figuier. Suivre le cousin avait été un jeu d'enfant. Son taxi, engoncé dans les embouteillages, avait mis presque trois quarts d'heure pour traverser Alger.

Tahar Benabdallah ne s'était aperçu de rien. Il s'était posté à côté d'un vendeur de chewing-gum, allumettes et stylos Bic, à environ 50 mètres de l'entrée du restaurant. Avec son allure nonchalante, son jean fatigué et ses lunettes de soleil bon marché, il ressemblait comme un frère aux millions d'Algériens qui, comme lui, passaient le plus clair de leur temps à regarder couler le lent fleuve de la rue.

Vers dix heures, tous trois avaient vu arriver la patronne du Djenné. La plantureuse Zoubida avait garé sa voiture un peu plus haut, dans une place « réservée » du parking, et était entrée dans l'établissement sans rien remarquer. Comme d'habitude, le planton marocain lui avait tenu la porte, s'inclinant légèrement sur son passage avant de reprendre sa faction. Le Djenné, célèbre pour sa pastilla et son pigeon farci, était l'un des restaurants les plus courus de la capitale. Il n'avait pas trop souffert de la guerre. La nomenklatura trabendiste, civile et militaire, venait y fêter ses succès. Un général très étoilé, importateur de chocolat, y avait récemment organisé un cocktail « au champagne et profiteroles » auquel le tout Alger, ambassades occidentales incluses, s'était précipité.

— Qu'est-ce qu'il glande, ton type ? Ma parole, on ne va pas rester tout la journée à fondre au soleil comme des bouts de chandelle ! se mit à râler Rachid.

— Ferme-là ! Tu es mon esclave pendant 24 heures, c'est le contrat, répliqua le petit Hocine. D'ailleurs, regarde, ça bouge...

Il était treize heures passées et une vieille R16 gris métallisé venait de s'arrêter devant le restaurant. Un homme en costume de lin vert amande sortit de la voiture. Le chauffeur alla se garer un peu plus haut, dans le parking où la patronne du Djenné avait rangé sa voiture. À la vue du nouvel arrivant, Tahar Benabdallah avait tressailli. Pendant un court instant, il avait enlevé ses lunettes de soleil, pour mieux suivre des yeux l'homme au costume vert amande qui traversait rapidement les quelques mètres le séparant de l'entrée du Djenné.

— Chiotte ! Si c'est ce flic en costume Tati que ton tocard de mec a décidé de pister, on en a au moins pour deux heures, le temps qu'il ait fini de bouffer ! soupira Rachid.

— Va nous acheter un sandwich frites au lieu de rouspéter. Avec un chouïa de harissa dans le mien, s'il te plaît, répondit le petit Hocine d'une voix tranchante qui ressemblait un peu à celle de sa grand-mère.

— Mais tu ne t'éloignes pas de la moto, hein ? concéda Rachid.

Le petit Hocine fit claquer sa langue, agacé. Son comparse s'éloigna en roulant les épaules.

Deux heures et demie plus tard, tous deux s'engageaient en pétaradant dans la rue Mourad El Khettabi. Devant, à trois voitures de leur moto, le taxi dans lequel avait sauté Tahar Benabdallah suivait la R16 grise. Ils passèrent la Grande Poste et continuèrent sur le front de mer, vers Bologhine et Raïs Hamidou. La R16 bifurqua bientôt sur la gauche, prenant une petite route qui montait vers les pinèdes. L'homme au complet de lin descendit devant une villa blanche, dont le mur d'enceinte débordait de bougainvillées rose foncé. Le taxi de Tahar Benabdallah poursuivit sa route, comme si de rien n'était. Rachid arrêta la bécane à quelques dizaines de mètres de la villa, à l'ombre d'un pin parasol. Le petit Hocine enjamba prestement la rambarde qui séparait la route d'un jardin potager situé en contrebas et disparut dans la verdure. Rachid s'était agenouillé devant la moto et dévissait la bougie pour la nettoyer. Quand Tahar Benabdallah passa devant lui, il ne leva même pas la tête.

Le petit Hocine ne resta pas absent plus de quinze minutes. Allongé entre deux plants de haricots grimpants, il observait la terrasse de la villa, où l'homme au complet en lin vert amande venait de s'installer. Un jeune Noir, vêtu d'un slip à rayures argentées, le rejoignit presque aussitôt, portant un plateau de rafraîchissements. Sur un signe de l'homme au complet, il fit glisser sur la terrasse un meuble roulant contenant un poste de télévision et un magnétoscope. Hypnotisé par le spectacle, le petit Hocine mit quelques secondes à réaliser qu'il n'était pas seul dans le potager. Il aperçut soudain, rampant très lentement devant lui, Tahar Benabdallah. Le jeune Oranais s'immobilisa au pied d'une claie en bois, couverte de chèvrefeuille. Le petit Hocine retint son souffle et attendit quelques minutes. Le cousin d'Alya semblait décidé à ne plus bouger de son poste. Sur la terrasse, affalé sur son fauteuil pliant, l'homme tendit une cassette vidéo à son domestique noir.

Avant de rejoindre Rachid, qui, à son signal, avait commencé à s'éloigner en poussant sa bécane, le petit Hocine regarda quel était le nom gravé sur la plaque de cuivre, près du portail d'entrée. Puis il s'en alla au pas de course. Planté sur le bas-côté de la route, les bras croisés sur le manche de sa pioche, un homme le regardait venir. En passant devant lui, le petit Hocine se mit à se gratter le nez avec frénésie. Il avait noté que c'était un assez bon moyen de se déformer le visage. L'homme tourna la tête pour le suivre des yeux. L'enfant remarqua qu'il était borgne. Quand il arriva devant l'épicerie où ils étaient convenus de se retrouver, Rachid mit le moteur de la 125 en route. Le petit Hocine l'arrêta d'un signe de la main.

— Paies-moi une glace avant de partir, esclave. Tu as fini ta corvée de bagne beaucoup plus tôt que prévu, ça s'arrose.

*

Momo-le-quincailler palpa longuement le tissu et demanda au vendeur quel était le prix du mètre. Après avoir écouté la réponse, il secoua la tête, l'air dépité, et quitta la boutique. Pour ses nouveaux rideaux, son épouse attendrait. D'ailleurs, quoiqu'elle en dise, ceux qu'ils avaient, en velours marron, étaient très bien. Elle n'avait pas à lui dicter ce qu'il fallait pour la maison. Les femmes n'ont pas à s'occuper des achats. Elles doivent obéir au mari, c'est tout. Momo-le-quincailler poussa un soupir excédé. Il fit quelques pas sous les ficus et décida de rebrousser chemin jusqu'au marché Meissonier. Le lundi matin, son neveu gardait le magasin. Il avait donc le temps. Et avec un peu de chance, le cousin Slimane serait rentré.

Le quartier de la fac centrale, avec ses librairies pleines de livres étrangers, ses pâtisseries-salons de thé et ses flots d'étudiantes qui se trimbalent dans les rues, au milieu des hommes, comme si de rien n'était, l'avait toujours mis mal à l'aise. Il avait l'impression de ne pas être en Algérie. Le pire, c'était ces filles habillées en jean, avec des pulls dix fois trop larges. De loin, on les prenait pour des garçons. Momo-le-quincailler cracha par terre. Sans parler de ces traînées en jupe courte, avec les genoux à l'air et du rouge plein la bouche ! Il s'écarta en bougonnant pour laisser passer un groupe d'étudiantes, marchant bras dessus, bras dessous. Celles-ci étaient voilées, mais il fallait voir comme ! Avec des couleurs vives, brillantes. Va savoir ce qu'elles cachaient là-dessous ! Momo eut un haut-le-cœur. Ces salopes l'avaient fait bander.

Il rentra précipitamment dans un magasin. C'était une papeterie, où on faisait la photocopie. Il s'appuya contre le comptoir, en faisant semblant d'examiner les piles de cahiers entassés sur les étagères. Une fois son coup de sang passé, il marmonna un vague *saha* et sortit. La seule chose qui l'apaisait vraiment, qui le libérait du désordre intérieur, c'était de cogner. Cogner de toutes ses forces. Jusqu'au massacre. Jusqu'à l'écrabouillage final. La première fois que ça lui était arrivé, c'était dans un village près de Boufarik, il y a deux ans. Ils s'y étaient pointés à une centaine, en fin d'après-midi, juste avant la prière du soir. L'imam et le chef du village étaient vendus à la police, tout le monde le savait. Ils faisaient de la dénonciation auprès des flics. À cause d'eux, plusieurs *moudjahidine* de la région avaient été tués. Même leurs enfants étaient pourris. Même le lait de leurs femmes était pourri. C'étaient des maudits. À lui seul, Momo avait tué deux paysans, trois fillettes et leurs mères. Il les avaient finis à la pioche. Après, il s'était senti vidé, régénéré. Une paix totale.

Momo-le-quincailler passa devant la pâtisserie Princesse. L'appartement de Slimane se trouvait à deux pas. L'autre soir, avec Ali-la-feinte, ils avaient regardé le journal sur une chaîne française, juste avant la retransmission du match Juventus-Liverpool. Il y avait des images de l'Afghanistan et un reportage sur la Palestine. L'idée d'interdire la musique et d'exclure les filles de l'école les avait enthousiasmés. « L'Algérie, ce n'est pas l'Iran », avait pouffé Ali. « C'est bien pire ! » avait-il ajouté, déchaînant l'hilarité de l'assistance. Ils étaient redevenus sérieux au moment de la Palestine. De voir brûler le drapeau d'Israël et celui des États-Unis les mettait toujours en transe.

Comme il l'avait espéré, son cousin Slimane était rentré chez lui. C'était un petit fonctionnaire, employé au ministère des Postes, qui avait eu la chance d'hériter d'un vieil oncle un modeste garage dans le quartier de Belcourt. Trois fourgonnettes bâchées étaient incluses dans l'héritage.

— Tu déjeunes avec moi ? demanda-t-il.

— Non, merci. Juste un thé à la menthe.

— Barbouillé ?

— Même pas. La chaleur.

— Comment va la famille ?

— *Labès*, ça va. Et toi ?

L'échange se poursuivit, morne et courtois, pendant environ dix minutes. Ce n'est que lorsque son cousin Slimane eut commencé à attaquer son assiette de merguez aux herbes que Momo-l'intégro se décida à exposer le but de sa visite. Son discours fut bref et concis. Le cousin écoutait, la bouche pleine et le sourcil froncé.

— Mais, à part des ennuis, ça va me rapporter quoi, à moi, ce bizeness de kalach' à la semoule ? dit Slimane, qui n'avait jamais manqué de sens pratique.

— 100 000 dinars par fourgonnette livrée.

— Et ce type de la SM, ton mystérieux Rachid,

qu'est-ce qui me prouve qu'il ne va pas me faire un enfant dans le dos ?

— Ta garantie, c'est moi. Tu me fais confiance ou pas.

— Mais, mon prédécesseur, pourquoi a-t-il cessé de faire affaire ?

— On a cru qu'il voulait nous griller. Il a eu, disons... un accident ? Avec toi, ce sera différent : tu es mon cousin. La famille, c'est sacré !

Le cousin mordit prudemment dans une pêche, le cou tendu au-dessus de son assiette pour ne pas faire tomber de jus sur sa chemise. Il s'essuya la bouche posément.

— Tu me laisses le temps de réfléchir et tu repasses après la sieste ?

— Je ne peux pas, je serai au magasin. Mais tu n'as qu'à téléphoner. Demande-moi des nouvelles de mes rideaux : ça signifiera que tu es d'accord.

— Mais pourquoi tes rideaux ?

— Et pourquoi pas ? Demande-moi des nouvelles de mes rideaux, c'est tout.

— Et si ma réponse est non ?

— Tu n'auras qu'à me demander des nouvelles de Hassan. C'était le prénom de ton prédécesseur ! dit Momo, avec un ricanement bref.

Le cousin Slimane se pinça les lèvres.

— Et si je disais oui, il faudrait commencer quand ?

— Cette nuit.

*

Hormis une main en terre cuite, accrochée au-dessus du lit, les murs de la chambre du petit Hocine étaient nus. Un des angles de la pièce était occupé par le lit, l'autre par un bureau en bois de pin où trônait un ordinateur. Une trentaine de livres étaient soigneusement alignés sur des étagères en agglo. Alya s'approcha pour regarder les titres. Bennis, Faulkner, Harbi, M'Rabet, Dostoïevsky, Ben Achour, Tillon, Naipaul, Kateb Yacine, Apollinaire...

— Tous ceux-là, c'est ta mère qui me les a donnés, dit le petit Hocine. J'en ai d'autres, mais ils sont rangés dans une malle.

Alya ne répondit pas. En dessous, étaient empilés quelques livres scolaires et un énorme dictionnaire arabe français. Alya jeta un œil distrait vers l'écran de l'ordinateur.

— Chez toi aussi, en France, tu as Internet ? demanda le gamin.

— Oui, mais seulement au bureau. Il n'y a pas d'ordinateur à la maison.

Le petit Hocine eut un sourire condescendant. Il ouvrit la porte et s'effaça pour laisser passer son invitée.

— Allons au salon, je vais préparer le thé. Sinon, Nanna va encore s'énerver.

— Pourquoi elle s'énerverait ? s'étonna Alya.

— Elle n'aime pas quand je reçois des filles, dit le petit Hocine avec un sourire vaniteux.

Assise sur un coussin, devant la table basse, Alya fit le service. La vieille Nanna saisit sa tasse et se mit à boire à petites gorgées. Le petit Hocine la regardait avec méfiance. Il avait approché le téléphone et l'avait posé à leurs pieds. Emna Aït Saada avait promis d'appeler d'Oran, ce lundi, avant la fin de l'après-midi. Quand la sonnerie retentit enfin, vers quatre heures et quart, Alya poussa un léger cri. Le combiné collé à l'oreille pour ne pas perdre une miette du message, elle tourna vers Hocine un visage extatique.

— Yolande Benabdallah est vivante, Mme Aït Saada l'a retrouvée, traduisit ce dernier à l'adresse de la grand-mère.

— Je pars à Oran. Il y a un vol à sept heures du soir, dit Alya en reposant l'appareil. J'ai juste le temps de trouver un taxi.

Elle se leva et ramassa son sac à main. Elle trépignait d'impatience. Elle salua le petit Hocine d'un hochement de tête et posa un baiser sur le front de la vieille Nanna.

— Je téléphonerai. Tu préviens Taoufik, il est chez son copain Boubaker, OK ? lança-t-elle avant de claquer la porte.

Une fois Alya partie, le petit Hocine remit le téléphone à sa place et rassembla les tasses à thé. Il s'apprêtait à remporter le plateau à la cuisine, quand la vieille partit d'un grand rire de crécelle. Elle était hilare. Des larmes de joie lui ravageaient les joues. Elle s'étrangla un peu. Puis, se calmant soudain, elle leva une main décharnée et tendit le doigt en l'air comme quelqu'un qui veut prendre la parole. Le petit Hocine alla s'asseoir à côté d'elle.

— Tu veux encore un peu de thé, demanda-t-il d'une voix patiente.

— L'Algérie sans la guerre, c'est comme un repas sans fromage ! s'écria-t-elle, comme si elle ne l'avait pas entendu.

— Mais le fromage, Nanna, on s'en fout, répondit-il avec douceur.

— Tais-toi, chacal ! Écoute ce que te dit l'ancêtre. L'Algérie sans la guerre, c'est comme un chameau sans mobylette. C'est comme un baiser sans moustache !

— Tu veux dire qu'on pourrait s'en passer ?

— Tais-toi, fils de rien ! hurla-t-elle. Et redonne-moi donc un peu de thé, avant qu'il soit glacé. Tu veux me faire mourir ?

CHAPITRE XIII

Un camion chargé jusqu'à la gueule de sacs de ciment les doubla avec peine et se rabattit brusquement, forçant la 4L à freiner.

— Quel connard, ma parole ! Il a dû acheter son permis dans un Souk El Fellah... Voilà le résultat quand on passe directement du bourricot à la voiture !

Emna Aït Saada fulminait. Taoufik se mit à rire et sortit une cigarette. Il laissa passer quelques minutes, le temps que l'Opulente retrouve son calme.

— Continue de m'expliquer. Pourquoi es-tu passée par Mostaganem ?

La géologue ajusta le rétroviseur et ralentit un peu.

— Pour rencontrer le directeur de l'Institut d'informatique où Tahar suit son stage. Je voulais vérifier son emploi du temps, la semaine où sa sœur Ghania a été assassinée.

— Et alors ? dit Taoufik.

— Alors c'était bien ce que je craignais ! Le jour

du meurtre, Tahar finissait ses cours à midi. Il avait largement le temps de revenir à Oran. Et de tuer sa sœur.

— Mais qu'est-ce qui te prouve que c'est ce flic, ce Rachid je ne sais quoi, qui l'avait mise enceinte ?

— Rien. C'est ce qu'elle a dit à Juanita. Je ne vois pas pourquoi elle lui aurait menti. D'après Juanita, elle en était déjà à huit semaines de grossesse.

— Mais à part Juanita, personne n'était au courant...

— Si. La mère s'en était aperçue. La gosse n'avait pas eu ses règles depuis deux mois. Cette vieille fouineuse a fini par lui faire avouer la vérité. Et elle s'est empressée de moucharder auprès de son fils chéri.

— Et selon toi, Tahar, en apprenant ce qui était arrivé à sa sœur, aurait décidé de la tuer. Pour laver l'honneur de la famille, en somme ? dit Taoufik.

— L'honneur de la famille... Par jalousie aussi. Aux yeux de Tahar, Ghania était une déesse. Il en était fou. Le fait qu'il l'ait lardée de plus de vingt coups de couteau le montre bien. Comme le fait qu'il lui ait piqué sa bague. Le crime de Tahar est un crime passionnel. Accompli avec la bénédiction de la tribu.

— Mais tu n'as aucune preuve...

— Pas l'ombre ! admit-elle. Dans ce genre d'histoire, il n'y en a jamais. Mais si tout cela est vrai, je ne donne pas cher de la peau du dénommé Rachid.

Taoufik lui lança un coup d'œil interrogateur.

— Pour que la vendetta soit complète, il faut que Tahar tue aussi son rival, c'est logique.

Taoufik ne répondit pas. Il n'y avait pas grand monde sur l'autoroute. D'ici moins d'un quart d'heure, ils seraient à l'aéroport. L'avion pour Tunis décollait vers midi. Taoufik écrasa son mégot.

— Et Yolande, pourquoi a-t-elle décidé de s'enfuir ? À cause de l'histoire de Ghania ?

Emna Aït Saada ferma sa vitre. La voiture longeait la décharge d'El Harrach.

— Non, pas du tout. L'histoire de Ghania, au départ, Yolande ne la connaissait pas. Elle l'a apprise par Juanita, chez qui elle s'était réfugiée le soir de sa fugue.

— C'est quand elle a eu vent du trafic d'armes, alors ? dit Taoufik.

— Exact. Hassan et elle venaient d'arriver à Oran. Une visite de famille tout ce qu'il y a de plus banal. Après le déjeuner, Yolande a rejoint sa belle-sœur à la cuisine pour l'aider à faire la vaisselle. Omar, le frère de Hassan, habite une belle maison — une ancienne ferme de colon, sur la route des Andalouses. Avec une véranda très agréable, couverte de vigne vierge. De la cuisine, on peut communiquer avec la véranda, grâce à une fenêtre basse. Pour passer les plats, c'est très pratique. Pour entendre la conversation des invités aussi.

— Et il y avait des invités ?

— En fait, non. Il y avait seulement les deux frères. C'est presque dommage pour Yolande : s'il y avait eu des invités, Omar et son mari auraient tenu leur langue. Alors que là, ils se sentaient tellement entre eux...

— Qu'ils se sont laissés aller et qu'ils se sont mis à parler bizeness, dit Taoufik.

— Eh oui ! Omar a commencé à parler de Rachid, le type de la SM. C'est grâce à lui que les fourgonnettes de Hassan ont pu faire pendant si longtemps la navette entre Oran et les maquis de Blida. Pas un seul contrôle en un an et demi ! Les gendarmes, les policiers, les militaires : tout le monde a fermé les yeux.

— Ce Rachid est vraiment un type important ?

— Non, pas très important. Mais il connaît les magouilles de suffisamment de gens, au sein de l'armée en particulier. Cela lui donne des arguments. Ces pourris-là se tiennent tous par la barbichette, c'est ce qui fait la force du système. Mais passons ! Omar commence donc à parler de Rachid — en se gardant bien d'évoquer le viol de Ghania.

— Tu veux dire que Hassan Benabdallah ignorait le viol de sa nièce ? Il ne savait donc pas, non plus, que c'est son neveu Tahar qui l'avait tuée ?

— Il ne s'en est pas douté une seconde. Hassan était un beauf naïf. Il a cru, comme tout le monde, que c'était un coup des islamistes, dit Emna.

— Son frère Omar ne lui avait rien dit ?

— Sur l'histoire de Ghania, rien. La seule chose qu'Omar a dit à Hassan, c'est que leur correspondant de la SM donnait « des signes de faiblesse » et qu'il fallait « s'en méfier ». En réalité, Rachid, après avoir violé la petite, avait vite compris qu'il était grillé chez les Benabdallah. Surtout après le meurtre de la gamine ! Cela commençait à sentir trop mauvais pour lui. Il s'est dit qu'il valait mieux changer de réseau. Il l'a fait comprendre à Omar. Peut-être même qu'il lui a dit franchement qu'il allait les laisser tomber et chercher un autre transporteur que le mari de Yolande. Omar Benabdallah, lui, a raisonné en commerçant et en chef de clan : si l'omerta est respectée, chacun peut reprendre sa liberté et tout se passera gentiment. C'est ce qu'il s'est dit. Il voulait juste que son frère s'habitue à l'idée d'abandonner le trafic de semoule. D'ailleurs, si ça se trouve, il avait déjà d'autres projets en tête.

— Comment a réagi Hassan ?

— Il n'a rien compris, il a pris peur. Il a cru que l'assassinat de Ghania était un avertissement.

— Un avertissement de qui ?

— Des islamistes. Au cours des semaines précédentes, ses livraisons avaient eu du retard, à cause d'une fourgonnette tombée en panne. Il n'avait pas osé en parler à son frère Omar, mais il a tout de suite pensé que le meurtre de Ghania était une vengeance des intégros.

— Il ne les voyait donc jamais ?

— Jamais ! Il touchait sa part de bénéfice, une fois par trimestre, via son frère. Omar, lui, les connaissait mieux. Il avait été élu sur une liste FIS, aux municipales de juin 1990. Il a gardé des liens avec les notables du parti et entretient de bons contacts avec plusieurs chefs de maquis de la région oranaise. Cela lui rapporte gros. En tant que transporteur privé, il a une position de quasi-monopole : il a pris la place des sociétés de transport d'État qui ont abandonné le terrain à cause des faux barrages et des attentats.

— Comment a fait Yolande pour se sauver ?

— En entendant la conversation des deux frères, elle a très vite compris qu'il s'agissait d'un trafic d'armes. « J'ai cru que la terre s'écroulait ! » m'a-t-elle dit. Elle ne s'était jamais doutée que son mari se livrait à ce genre de combines, ça l'a complètement assommée. Pendant un petit moment, elle a continué à frotter la vaisselle — sans rien dire, à cause de sa belle-sœur. Et puis, au bout d'un quart d'heure, vingt minutes, elle a prétexté un besoin pressant et elle a filé par derrière. Les toilettes sont dehors, au bout du potager. La belle-sœur ne s'est pas méfiée. Plus tard, Hassan a inventé une histoire, en racontant qu'elle était allée chez la couturière.

— Mais c'était vrai ! s'écria Taoufik.

— Oui, mais à ce moment-là, il ne le savait pas. Il ne l'a jamais su d'ailleurs ! C'est Omar, son frère, qui lui avait conseillé de mentir et de brouiller les pistes.

Le journaliste secoua la tête, abasourdi.

— Et Fatima, la première épouse ?

— Sur cette affaire-là, je n'ai pas de certitude. Il faut que je travaille encore un peu le dossier, dit la Pulpeuse sans se démonter.

Ils venaient de quitter l'autoroute. La 4L s'engagea sur la bretelle qui menait à l'aéroport. Des blindés stationnaient devant le bâtiment central, près de la fontaine aux palmiers.

— Yolande et Alya vont rester longtemps chez tes amis au Maroc ? demanda Taoufik, pendant qu'ils cherchaient une place sur le parking.

— Quelques jours, le temps que Yoyo se retape.

— Et toi, tu as des nouvelles de tes filles ?

— J'ai reçu une lettre ce matin. Elles vont prolonger leur séjour au Canada. Leur père ira les rejoindre d'ici une ou deux semaines. Et moi en juillet, si tout va bien.

— Inch Allah !

Ils descendirent de la 4L et Taoufik prit la valise et le sac de voyage qu'il avait rangés à l'arrière.

— Tu... Tu... Tu m'accompagnes jusqu'au por.. por... jusqu'au portique ?

— Évidemment, crâna l'Énorme.

Ils savaient qu'ils ne se reverraient pas avant plusieurs semaines, peut-être plusieurs mois. Après Tunis, Taoufik tenterait sa chance en Espagne comme traducteur. Ce n'était qu'une piste un peu vague, mais l'idée lui plaisait.

— Ne t'amuse pas à trop parler, hein ? dit Emna. Ni à Madrid, ni à Tunis. Les murs ont des oreilles !

Les yeux humides, le journaliste posa un baiser sur la joue de sa vieille complice et fila vers le guichet d'Air Algérie pour faire enregistrer son billet. Ce n'est qu'une fois là-bas qu'il se retourna pour faire signe à la géologue. En chemisier noir et tailleur rose, celle-ci était aussi discrète qu'une mouche dans un lait fraise. Elle lui rendit son au revoir en agitant les bras.

— Tu as repéré l'heure d'arrivée à Tunis ? murmura un gros homme, penché vers l'oreille de son fils.

Ce dernier fit oui de la tête.

— Et l'autre, là, la grosse, tu es sûr que tu as l'adresse ? On n'a pas besoin de suivre sa voiture ?

— Inutile, papa. Je t'ai dit que je pouvais y aller les yeux fermés !

Momo-le-quincailler et le petit Khaïs quittèrent le hall de l'aéroport par la sortie de service. Au moment où ils montaient dans la vieille « break-citron » dans laquelle Ali-la-feinte les attendait, Emna Aït Saada franchissait la porte vitrée et débouchait sur le terre-plein central, cherchant des yeux sa 4L bleu ciel.

*

Dans ce quartier, on ne souffrait pas des rationnements d'eau. En arrosant les fleurs et les plants de légumes, le jardinier n'avait pas lésiné, ça se voyait. Les tomates et les haricots prospéraient. Des capucines musardaient au pied d'une immense vasque en pierre où s'épanouissait un massif de roses blanches. En dépit de la chaleur de ce milieu d'après-midi, la terre était encore humide. Tahar Benabdallah rampa lentement jusqu'à la claie de chèvrefeuille. Son tee-shirt et son jean étaient noirs de boue. Le jeune homme progressait centimètre par centimètre. Il s'immobilisa quand il eut le nez contre les croisillons de bois. Une fine pellicule de sueur lui couvrait le visage.

La terrasse était déserte, mais un air de musique brésilienne arrivait du salon dont la baie vitrée était grande ouverte. À travers les rideaux presque transparents, Tahar aperçut la silhouette du domestique noir. Une femme était là aussi. Une Arabe d'une quarantaine d'années, petite, plutôt replète. Le valet et la cuisinière, ricana silencieusement le jeune Oranais. Ce salopard ne se privait de rien. Est-ce qu'il les baisait l'un après l'autre ? Ou est-ce qu'ils faisaient ça à trois ? Sa main se crispa sur la crosse de son revolver et il ferma les yeux un instant, brûlé par le désir de meurtre.

Le domestique noir était sorti sur la terrasse et installait une table basse à côté de fauteuils en toile blanche. Il décora la table d'un bouquet de branches de bougainvillées. Puis il plaça des dessous de verre en tissu bleu foncé. Tahar en compta trois. À moins que le plus grand soit réservé à une carafe ou une bouteille ? S'il recevait des invités, mieux valait remettre à demain, décida le jeune Oranais. Le domestique venait de resurgir. Il poussait devant lui une table roulante, sur laquelle s'entrechoquaient des bouteilles d'apéritif. À l'intérieur de la maison, la femme devait s'affairer aux cuisines. Trois cadavres suffisaient bien. Quatre avec le chauffeur.

Le grincement des gonds du portail d'entrée le fit sursauter. Il entendit nettement le bruit d'une voiture qui s'éloignait, puis les pas de quelqu'un gravissant l'escalier du perron. L'homme était seul. Tahar Benabdallah se força à respirer lentement pour calmer les battements de son cœur. Pendant environ dix minutes, la terrasse demeura déserte. Puis l'homme fit son apparition. Il portait un costume en lin bleu lavande et une chemise gris foncé. Il fit le tour de la table basse, suivi par le domestique noir à qui il donnait des instructions. Puis il s'assit dans son fauteuil pliant et claqua des doigts en riant. C'est à ce moment-là que le jeune Oranais le haït le plus fort.

Le domestique s'était éclipsé. Il revint presque aussitôt avec un verre de whisky où s'entrechoquaient une poignée de glaçons. L'homme au complet lavande but une longue gorgée, puis s'étira en bâillant. À l'évidence, les invités n'étaient pas attendus pour tout de suite. Personne ne viendrait avant l'heure du dîner.

Le valet descendit l'escalier de la terrasse et prit l'allée qui menait au fond du jardin. Il avait passé un short en jean et tenait un sécateur à la main. Il avait pris aussi un panier en osier. Tahar Benabdallah se recroquevilla contre le chèvrefeuille, comme un félin prêt à bondir. Le domestique se dirigeait sans se presser vers le massif de roses. Il passa près du potager sans rien voir.

On le retrouva une heure plus tard, la bouche pleine de terre, couché parmi les capucines. Il avait eu la carotide tranchée. Le sécateur qui avait servi à le tuer reposait, gluant de sang, sur le marbre de la terrasse. Le propriétaire de la villa, un homme d'une quarantaine d'années, « honorablement connu dans les milieux de l'import-export » selon le quotidien *El Watan*, avait été abattu d'une balle dans la nuque avant d'être mutilé. Une partie de l'appareil génital avait été placé dans sa bouche. Avant de foncer vomir aux toilettes, le chauffeur découvrit le cadavre de la cuisinière. Elle était allongée dans le couloir menant au salon. Ses yeux grands ouverts fixaient le plafond. Elle avait reçu une balle en plein front.

CHAPITRE XIV

« Ma chère Yoyo, ma chère Alya,

« J'espère que votre retour en France se sera bien passé, malgré les tracasseries des gens du consulat. Beaucoup de choses sont arrivées depuis nos retrouvailles à Port-aux-poules, chez cette chère vieille Malika — j'ai l'impression que c'était il y a un siècle... J'aurais préféré, et de loin ! vous faire part de vive voix de toutes ces sales nouvelles. Mais l'administration française en a décidé autrement.

« Mon projet de faire escale à Lyon, cet automne, est pratiquement à l'eau et je ne suis pas sûre, hélas ! qu'on puisse se revoir avant longtemps. La demande de visa, que j'avais envoyée à Nantes il y a trois mois, a été refusée. J'ai reçu la réponse il y a une semaine : un non clair et net, sans une ligne d'explication. Pardon à vous deux, je sais que vous n'y êtes pour rien, mais vraiment, pour des gens qui ont campé chez nous pendant 130 ans, sans ticket d'entrée ni visa, c'est quand même un peu fort de caoua ! Pourquoi les Algériens devraient-ils tous passer pour des terroristes en puissance ? Mais je sais bien que je râle pour rien. Bougnoule je fus, bougnoule je reste ! Tant que les Français baptiseront leurs rues Godefroy Cavaignac ou Gallieni, les Maghrébins continueront à sentir la merde ou le soufre. Et je ne parle même pas des délires d'un Le Pen. Enfin !

« Je dois avouer, à la décharge de la police française, que, vu mon gabarit de super bombe (sexuelle), la moindre fouille au corps aurait risqué de prendre la semaine, Inch Allah ! sans compter les travaux de déminage. Ce sont donc les fliquesses canadiennes qui en profiteront : je devrais rejoindre toute ma petite famille à Montréal, vers la mi-juillet. J'ai tellement hâte d'y être ! D'autant que le climat algérois ne s'est pas arrangé. Le fond de l'air est bleu saignant. Celui des urnes aussi : les dernières élections n'ont pas calmé le jeu, c'est le moins qu'on puisse dire. Mais je ne vous apprends rien. Vous écoutez la télé comme tout le monde.

« Pardon pour ce style décousu, mais je dois écrire vite. J'ai trouvé quelqu'un de sûr qui prend l'avion ce soir et chez qui je passerai porter ce courrier tout à l'heure. Comme je vous le disais, il y a eu bien des drames, depuis votre départ d'Oran. Je ne sais pas si vous avez été averties de ce qui s'est passé à Boumerdès. Ce ne sont pas des choses qu'on peut expliquer au téléphone. Pendant longtemps — Alya le sait puisqu'elle a passé deux jours chez Ahmed et Badia —, les forces de sécurité et les islamistes se sont partagés la ville. L'armée règnait le jour, les intégros la nuit. Jusqu'à ce dimanche de juin où les militaires ont mis la main sur une importante cache d'armes. Dans la foulée, ils ont flingué une demi-douzaine de barbus — plus trois jeunes du quartier, qui se trouvaient là par hasard, et qui se sont fait tirer comme des lapins. Ce coup de force de l'armée a rendu les autres fous furieux. Ils ont décidé de prendre leur revanche. C'est la population qui a trinqué. Les militaires n'étaient plus là pour la défendre : leur exploit achevé, ils se sont repliés dans les casernes, comme d'habitude, avec ordre de ne plus sortir. Une aubaine pour ces nains d'intégros. Ils s'en sont donné à cœur joie. Les armes étaient planquées dans l'arrière-boutique d'une épicerie, au pied d'une tour. Juste à côté de l'immeuble où habitaient Ahmed et Badia. Sous prétexte de représailles contre ceux qui les avaient dénoncés, les islamos ont mis le quartier à feu et à sang. Pendant trois jours et trois nuits, le massacre n'a pas cessé. Au pistolet, au couteau, à la tronçonneuse. La Saint-Barthélemy, version Black & Decker. Ahmed et Badia ont été parmi les premiers à se faire tuer. Je vous passe les détails. Deux cousines d'Alya — celles qu'elle a vues à Alger, je crois — étaient venues passer la semaine chez eux. Elles ont été enlevées par les barbus. Depuis ce jour, personne n'a de nouvelles.

« Pardon de te raconter tout cela, ma pauvre Yoyo. Le cœur me saigne. Ton beau-frère Omar (l'oncle d'Alya) est venu d'Oran pour l'enterrement. Je n'ai pas eu le courage d'aller faire les salutations. D'après le petit Hocine, il était venu seul. Ton neveu Tahar n'avait pas fait le voyage, cette fois. Il paraît qu'il va se marier cet été, avec une nièce de ta belle-sœur, une fille de Mascara. Quand on y pense ! Un gamin qui a sans doute tué quatre personnes de ses mains ! Si ma vieille copine Zoubida — il n'y a pas plus bavard que les Oranaises ! — ne s'était pas vantée devant lui de recevoir régulièrement ce flic de la SM, ton neveu n'en serait peut-être pas là ? Je me demande comment il va faire pour vivre, avec tous ces cadavres dans la tête.

« Remarque, il n'est pas le seul. Depuis le temps que dure la guerre ! Va savoir quand ça finira... On ne sait même plus très bien ce qui se passe. On apprend les choses par bribes, on colle ensemble des bouts d'indice, on additionne des rumeurs. On dit que le GIA, infiltré par les flics, fait des carnages chez l'AIS. Et que l'AIS se venge en descendant des flics, qui eux-mêmes se rattrapent en torturant les jeunes qui, demain... Quelle bouillasse ! Parfois, je me sens tellement triste. Je suis une grosse enfant débile qui agite un kaléidoscope, sans parvenir à fixer les couleurs.

« Qui a tué Fatima, la première épouse de ton défunt mari ? Longtemps, j'ai cru que c'était Hakim Areski, le tueur à gages. « Boucle d'or » était payé par la SM. Mais rien ne l'empêchait de remplir des contrats pour d'autres — un mari jaloux, un homme d'affaires véreux ou un chef islamiste... Fatima a été tuée à Alger, environ trois semaines après l'assassinat de Ghania à Oran. Tu m'as raconté toi-même comment Hassan, ton mari, avait pris peur en apprenant la mort de sa jeune nièce. Il n'avait plus confiance en personne. Il a donc décidé de faire cavalier seul. De retour à Alger, il s'est rendu à l'hôtel Alberti, connu, comme tu sais, pour être l'un des quartiers généraux de la SM. Il y a rencontré, à au moins deux reprises, un officier, un collègue de Rachid. Et c'est sur les conseils de ce flic-là qu'il a — un peu bêtement — suspendu les livraisons de semoule aux maquis de Blida.

« Le résultat ne s'est pas fait attendre. Mis au courant de la « traîtrise » de ton mari par son collègue de la SM, l'infâme Rachid a planifié son assassinat. C'est lui, vraisemblablement, qui a commandité la mort du vieux Rabah Touati et organisé la « confiscation » des fourgonnettes. Il devait, dans un second temps, faire tuer ton époux. Mais les islamistes l'ont devancé. Furieux de ne pas avoir été fournis depuis plusieurs jours et se doutant d'une entourloupe, ils ont d'abord descendu Fatima — et c'était là, en fait, leur premier avertissement à Hassan ! — puis, ne voyant toujours rien venir, ils ont fini par l'assassiner.

« Toutes ces élucubrations vont te sembler bien compliquées et inutiles ! À quoi bon revenir sur la disparition de Hassan et raviver des douleurs si récentes et profondes ? La raison — quel drôle de mot ! — je l'ai trouvée hier matin dans ma boîte aux lettres. Drôle de courrier, la vérité ! Une oreille de mouton, encore saignante. Il ne me manquait plus que ça ! J'ignore évidemment qui est l'auteur de cet envoi. J'ai l'embarras du choix. La SM ou les islamos parce que j'en sais trop ? Un voisin grincheux qui hait les femmes seules ? Un type de l'office du logement, qui voudrait récupérer mon appartement ? Le copain du fils Areski qui cherche à me faire peur ?

Un gosse du quartier qui s'amuse ? Au cas où la première hypothèse serait la bonne, ma chère Yoyo, tu ne m'enterreras pas idiote. C'est un paramètre qui compte, non ? S'il m'arrivait malheur, Alya et toi serez fixées — au moins en gros. Personne ne vous croira, bien sûr, mais au moins, vous saurez.

« Il me reste dix minutes avant de partir porter ce courrier — j'ai largement le temps ! Je vais même me payer le luxe de finir sur une bonne nouvelle. Figure-toi que Taoufik a fini par trouver du travail en Espagne. Un petit poste de rien du tout (traducteur commercial dans une usine de chaussures), mais ça lui permettra de nourrir sa smala en attendant que le vent tourne et ramène la paix chez nous. Il va aller repérer les lieux (il faut qu'il trouve un appartement) et quitte Tunis demain. Il passera la journée à Alger et nous devons nous retrouver pour le déjeuner. Quelle joie cela va être de le revoir ! Je me permettrai de l'embrasser pour toi. *Salamalekoum*, ma chère Yoyo. Porte-toi bien et pense à nous. Baisers. Emna. »

*

— « Tandis que la troupe traversait ainsi le désert, à l'horizon s'élève tout d'un coup un nuage de poussière ; il arrive impétueusement, se déchire et laisse voir trente nègres, noirs comme la poix et le goudron, montés sur des chevaux plus légers que des antilopes, armés de lances brunes et couverts de cuirasses brillantes comme des miroirs. À leur tête,... »

Assis par terre sur les coussins, le petit Hocine

lisait à voix haute, en mettant bien le ton. À ses côtés, le souffle court, les lèvres pincées par l'émotion, la vieille Nanna écoutait avec délices.

— ... « Ces misérables, après avoir assouvi leur passion, dépouillaient entièrement leur victime et l'égorgeaient. Telle était la coutume des ces infâmes scélérats. La cruauté du méchant Abou'd-Doudja lui avait valu parmi les Arabes le surnom de Taricat-ez-Zéman, “le fléau de l'Époque”. À la vue des nègres qui se ruaient sur sa troupe comme une armée de démons, les yeux de Ouakid lancèrent des flammes... »

L'ancêtre poussa un soupir exalté. *Les aventures d'Antar, fils de Cheddad* était l'un de ses récits préférés. Elle était capable d'en réciter certains passages par cœur.

— ... « Le malheureux jeune homme tombe à terre, se tord quelques instants, déchire le sol avec ses ongles et rend le dernier soupir ».

Le petit Hocine avait fini le sous-chapitre. Il s'interrompit quelques minutes, le temps d'apporter la cafetière brûlante et de remplir leurs deux tasses. L'odeur chaude du café grillé envahit la pièce. D'impatience, la vieille frappait le sol avec sa canne.

— Reprends le moment où Antar fait sa déclaration à Abla. Et ensuite tu me reliras le combat contre le lion, page 158 ! aboya-t-elle.

Le gosse reprit aussitôt sa lecture.

— « Elle a marché, et j'ai dit : c'est la branche du saule agitée par le souffle du vent ; elle a regardé, et j'ai dit : c'est une gazelle effarouchée, surprise par les dangers au milieu du désert ; elle a souri, et j'ai vu les perles briller entre ses lèvres... »

Le bruit de la sonnette d'entrée les fit sursauter l'un et l'autre.

— Tu attendais quelqu'un ? croassa la vieille.

Le petit Hocine fit non de la main. L'ancêtre rajusta les plis de sa djellaba rose saumon et pencha la tête de côté pour mieux écouter. Elle resta dans cette position quelques secondes puis se redressa.

— Un fils de chien vient de glisser une lettre sous la porte, souffla-t-elle de sa voix éraillée.

— Je la vois très bien, ajouta-t-elle. C'est une lettre de petite crotte sous-développée, pleine de menaces et de fautes d'orthographe. Tu iras la chercher plus tard.

Le petit Hocine émit une sorte de gémissement qui pouvait passer pour une protestation. Il posa le livre par terre avec précaution. Il s'apprêtait à se lever sans bruit, mais la vieille l'arrêta d'un geste.

— Ne sois pas impatient. Les mauvaises nouvelles attendront. Lis-moi d'abord le combat du lion ! dit-elle d'un ton sans réplique.

Elle renifla avec dédain et décocha un coup de canne au chat qui s'était imprudemment approché de l'assiette de gâteaux. L'animal s'enfuit en boitant. Le petit Hocine poussa un soupir et mouilla son index pour mieux tourner les pages.

— « C'était un lion adulte, énorme, de la taille d'un chameau, aux vastes narines et aux ongles puissants... De la queue, il se battait les flancs, relevant ses babines et montrant ses mâchoires semblables à des râteaux... Lorsqu'il vit Antar qui venait vers lui en sautant, il frémit de fureur, couvrit le sol de ses excréments, s’accroupit à terre, s’allongea, hérissa sa crinière et regarda avec des yeux semblables à deux charbons ardents... »

CHAPITRE XV

La route s'incurvait mollement aux abords d'une forêt de feuillus, puis reprenait en ligne droite, coupant d'un trait l'immense étendue des plantations de fruitiers. Le bras à la portière de sa Mercedes Benz, une cigarette aux lèvres, Mustapha ralentit légèrement et débraya pour se mettre en troisième. La radio passait des morceaux de *cha'bi*. Il baissa un peu le son. À présent, il n'était plus très loin. Trois ou quatre kilomètres, maximum. Si jamais il y avait des coups de feu, il voulait les entendre. Une pile de tee-shirts et des boîtes à chaussures étaient posées sur le siège arrière. Mustapha portait une chemise américaine en jean bleu délavé, un pantalon de toile kaki et des baskets blanches flambant neuves. Ses lunettes de soleil, façon Al Pacino, le vieillissaient un peu. Sous son siège, dépassait légèrement le museau d'une kalachnikov.

Depuis qu'il avait quitté Blida, il n'avait pas croisé sur la route plus de trois véhicules — deux fourgonnettes bâchées et une vieille Ami 6. Et le seul barrage militaire qu'il ait vu lui avait presque fait pitié.

De jeunes soldats à la mâchoire crispée, l'œil aux aguets, émergeaient des fortins en sacs de sable, eux-mêmes encadrés par les camions blindés. Dans ces coins perdus de campagne, ordinairement qualifiés de « fiefs islamistes », les conscrits étaient en première ligne. Mustapha avait souri. Ces gosses en uniforme avaient pratiquement son âge. Sauf qu'ils avaient choisi d'obéir aux tyrans, quitte à finir égorgés pour les beaux yeux de cette pourriture galonnée, ce ramassis de pédés et de *hizb françа* qui leur chiait à la gueule à longueur de journée ! Mustapha, lui, n'avait de compte à rendre à personne. Il avait sa bande de durs. Des jeunes comme lui, en acier trempé, qui flinguaient au doigt et à l'œil.

La Mercedes qu'il conduisait était sa première prise de guerre depuis la mort de Hakim, « bonbonné » au large de Port-aux-poules. Après la disparition de son chef, Mustapha avait marché jusqu'à l'entrée d'Arzew, se cachant à la moindre alerte. C'est ainsi qu'il avait surpris le propriétaire de la Mercedes, en train de se soulager dans un champ d'oliviers. Le type, un chef de daïra, était tellement sûr de lui qu'il avait laissé les clés de contact sur le moteur. Mustapha l'avait braqué tranquillement et l'autre s'était laissé faire. Il avait été assez intelligent, sur le coup, pour ne pas esquisser le moindre geste de résistance. Mustapha s'était fait conduire jusqu'à Chlef, où ils avaient refait le plein d'essence et, de là, ils étaient remontés sur Ténes. Le conducteur se doutait-il de quelque chose ? Mustapha ne lui avait pas laissé le temps de réciter la *Chahada*. Il lui avait ordonné de garer la voiture dans un chemin creux et lui avait tiré une balle dans la tempe.

La musique *cha'bi* avait laissé la place à une émission religieuse. Mustapha éteignit la radio. Le barrage de l'AIS était là, à moins de 200 mètres. Il passa en première et fit rouler la Mercedes au pas, en faisant des appels de phares. De loin, il vit le petit Khaïs surgir de l'orangeraie et gravir le talus. D'un bond, l'adolescent avait rejoint la route. Il fit signe à la Mercedes de se garer en contrebas, dans un chemin de terre abrité des regards. Mustapha obéit, coupa les gaz et ouvrit la portière passager. Un peu essoufflé, Khaïs se laissa tomber sur le siège à ses côtés.

— Tiens, jette un œil derrière. Ce sont des petits cadeaux pour toi et tes potes, dit Mustapha en enlevant ses lunettes de soleil. Pour les chaussures, elles font toutes du 41 — je n'ai pas eu le temps de trouver les autres tailles.

— Tu as piqué ça où ? s'esclaffa le petit Khaïs, avec un clin d'œil ravi.

— Une fin de stock, dans un bled à côté de Bouira. Le gérant n'a pas fait d'histoire, ricana Mustapha.

— Il n'était pas armé ?

— Si, mais dès qu'il a entendu le nom de GIA, il nous a tout donné : son flouze, son calibre et même sa femme ! répondit Mustapha en se tapant sur les cuisses.

Le petit Khaïs renifla en prenant un air pincé. Mustapha le dévisagea d'un air goguenard. Le fils de Momo-le-quincailler n'avait pas vraiment changé.

Au grand air, sa peau avait bruni mais il gardait la même raideur puritaine. Son harnachement de maquisard le faisait ressembler aux conscrits de tout à l'heure, en à peine plus hirsute.

— Comment va ton frère Salah ? poursuivit Mustapha.

— Il s'est complètement rétabli. La blessure n'était pas profonde. On a deux chirurgiens dans le camp et ils travaillent comme des champions.

— Et ton père, tu as des nouvelles ?

— Toujours pareil. Il fait tourner sa boutique, il surveille les activités de transport.

— Avec le nouveau « parrain », ça se passe bien ?

— Pour le moment, pas de problème. De toute façon, mon père l'a à l'œil. Je t'ai préparé une lettre pour lui, si ça ne t'ennuie pas ?

— Pas du tout, marmonna Mustapha en allumant une cigarette.

— Tu en veux une, au fait ? ajouta-t-il en tendant son paquet de Rim.

— Non, merci. Ni tabac, ni alcool, c'est la vieille règle des *moudjahidine*, dit Khaïs, avec un sourire sentencieux.

— Et pour niquer, comment tu fais ? lança Mustapha, provoquant.

— Je suis marié, figure-toi ! On a fait la cérémonie il y a quinze jours, répliqua Khaïs, piqué au vif.

— Sans blague ? Alors ça ! tu as drôlement caché ton jeu ! souffla Mustapha, en roulant des yeux ronds. Et c'est qui, ton épouse ?

— Une fille de Boumerdès. Elle a été amenée au

camp, avec sa sœur et pas mal d'autres prisonnières, après l'opération à la Cité radieuse.

— La Cité radieuse ?

— Mais oui, tu sais bien, ce quartier pourri. On avait installé une réserve d'armes dans l'arrière-boutique d'un épicier, un ancien député du FIS. Des salopards ont vendu la mèche au commandant de la caserne. Il y a eu un carnage. Ces ordures tiraient sur tout ce qui bougeait. Mais la joie de ces hyènes de militaires a été de courte durée. Avec l'aide de Dieu, on a eu notre vengeance. *Hamdoulillah* !

Khaïs souligna sa phrase d'un mouvement de la tête, très bref, et un sourire extatique illumina son visage d'enfant-soldat. Mustapha avait écouté son ami sans rien dire. Sacré Khaïs ! Il avait beau jouer les imams et les pères-la-vertu... Sous ses airs de ne pas y toucher, c'était un drôle de petit vicieux. Le massacre de Boumerdès avait défrayé la chronique, il s'en rappelait maintenant. Une hécatombe ! Et, côté filles, une vraie razzia ! Les barbus avaient dû baiser à couilles rebattues.

— Et la frangine de ton épouse, tu ne pourrais pas me la présenter ? s'enhardit Mustapha, avec un clin d'œil grivois.

Khaïs eut une moue gênée.

— L'émir l'a mise avec ses femmes.

Mustapha éclata de rire. Mais il s'abstint de tout commentaire. Les maquisards de l'AIS comptaient parmi ses plus fidèles alliés. Ce n'est pas lui, petit voyou de la Mitidja, qui allait leur chercher des poux. Une légère brise s'était levée, agitant les branches des orangers. Mustapha se gratta la nuque et bâilla bruyamment.

— Va falloir que j'y aille, Khaïs ! J'ai un dîner d'affaires du côté de Médéa.

— Tu repasses dans un mois ?

— J'essaye, inch' Allah !

La Mercedes quitta le chemin de terre et reprit la route goudronnée en direction de l'ouest. Mustapha ralluma la radio. On passait à nouveau du *cha'bi.* C'était une vieille chanson de Abdelkrim Dali. « Tes dents, plus brillantes que paillettes d'or, ont ranimé mon cœur. L'amour des jeunes filles, qui me possède, a pénétré toutes les fibres de mon corps. » Mustapha mit le volume à fond et passa en cinquième.

*

Un type qui serre les lèvres comme çà, sûrement il a mauvaise haleine. Surtout s'il fume. Fawzia retint une grimace de dégoût. Assis en face d'elle, dans un vieux fauteuil en rotin, le grand jeune homme dégingandé semblait ne pas la voir. Son visage émacié était comme perdu dans un rêve. Hormis ses mains nerveuses, qui pianotaient sur les accoudoirs, tout son corps était immobile. Fawzia laissa son regard glisser le long du cou trop maigre, caressa distraitement la chemisette bleu clair, avant de se poser sur la braguette du pantalon, jaugeant avec froideur le modeste renflement du tissu de tergal. Après un dernier zapping, ses yeux finirent par se fixer sur les mains du garçon. Elle avait rarement vu un homme avec des mains si fines. Puis elle se ressaisit. Cela faisait bientôt une demi-heure qu'ils étaient là, plantés sous la véranda, comme deux bûches. Quelle comédie !

Fawzia serra les mâchoires. Dans sa gorge, elle sentit comme un nœud de larmes. Ils n'avaient rien à se dire, voilà ! Leur mariage, cette rencontre, la dot, tout était arrangé. Qu'est-ce qu'elle pouvait y faire ? Fawzia avait dix-huit ans, un corps solide, des cheveux noirs qu'elle coiffait en chignon et une inhabituelle envie de pleurer. Au moins, au lit, il ne m'écrasera pas, il pèse autant qu'un chevreau, ricana-t-elle intérieurement. Du regard, elle revint à la bouche, aux lèvres trop minces. Est-ce qu'elle avait le choix ? Un brise tiède s'engouffra sous la véranda, agitant mollement les boucles de la vigne. Ici, au moins, il y avait la mer. Et Oran était à deux pas, avec ses grands boulevards et ses beaux magasins ! Ce n'était pas un trou perdu comme Mascara. Elle prendrait sa revanche. Et peut-être qu'il ne l'embrasserait pas.

— On se promène un peu ?

Fawzia sursauta. Sans attendre, le jeune homme s'était levé. Elle le suivit. Ils traversèrent la cour, faisant crisser le gravier sous leurs pas. Ils longèrent la grande bâtisse aux murs ocre, engourdie par la chaleur. Le soleil cognait sourdement. Derrière la haie de cyprès, s'étendait le potager. Au-delà, après la pinède, la mer brillait comme du mica.

— Quand il fait clair, on voit l'Espagne.

Il avait lâché cette phrase d'une voix morne. Fawzia lui jeta un regard étonné. À quoi il jouait ? Elle n'aimait pas cet air souffreteux qu'il arborait en permanence. Est-ce qu'il était malade ? La mort de sa sœur n'expliquait pas tout. Ce type cachait quelque chose. Une histoire de femme ? Une saloperie qu'on lui avait fait quand il était petit ? Ou un truc qu'il avait fait, lui ? Fawzia haussa les épaules. Ce n'était pas ses oignons. Elle ne serait jamais que son épouse et, si tout allait bien, inch'Allah, la mère de ses enfants.

— On rentre ?

Elle acquiesça silencieusement. Ils avaient marché près d'une heure et elle avait très soif. Ils firent demi-tour, lui devant, elle derrière. La jeune fille avançait d'un pas lent, courbée sur l'étroit sentier qui serpentait à travers la pinède jusqu'à la propriété des Benabdallah. Elle marche comme une ânesse songeait Tahar en écoutant le bruit des pas de sa fiancée, lourds et réguliers.

Cette fille, il y a encore un mois, il ne la connaissait pas. C'est sa mère qui l'avait trouvée. Elle appartenait à une branche éloignée de la famille, installée du côté de Mascara. Des agriculteurs qui possédaient des vignes et quelques têtes de bétail. Fawzia savait lire et écrire, tenir une maison et faire la cuisine. « C'est bien suffisant », avait décidé la mère. Tahar n'avait pas dit non. En arrivant à Oran, il était tellement fatigué qu'il était resté au lit presque deux semaines entières. La mère l'avait couvé avec un soin maniaque. C'est à elle qu'il avait fini par raconter, un soir, ce qu'il avait fait à Alger. La villa de Bologhine, les planques dans le jardin, le coup du sécateur, il lui avait tout dit. Pas une seule fois, il n'avait prononcé le nom de Ghania. La mère avait écouté sans faire de commentaires. Elle lui avait seulement fait promettre de ne rien répéter à personne. Quelques jours plus tard, lors d'une réunion de famille, on lui avait parlé de Fawzia.

Est-ce que quelqu'un avait pu le surprendre, cet après-midi là, à Alger ? Cette question revenait parfois le hanter. Il se rappelait la scène sur la terrasse, le brusque jaillissement du sang, cette tiédeur gluante sous ses doigts. Et la flaque noire par terre, qui grandissait, grandissait. On voyait les nuages dedans. À ce moment, il avait ri. Il avait ri comme un fou, en répétant le nom de Ghania. Il aurait voulu se tuer aussi, disparaître. Il aurait pu, maintenant que tout était réglé. Mais il avait entendu le cri de cette godiche de cuisinière. Elle était là, au milieu du salon, à le fixer de son œil stupide, épouvantée. Elle avait tenté de s'enfuir. Il l'avait rattrapée dans le couloir. Une seule balle en pleine tête. Elle était morte, sans plus de résistance que le jardinier noir qu'il avait égorgé ou que ce salopard d'officier de la SM, cette ordure de Rachid qu'il avait... Rachid ! Rien que de murmurer ce prénom, une boule de haine lui montait de l'estomac, comme une nausée. Tahar cracha par terre, sans s'arrêter de marcher à travers la pinède. Fawzia le suivait.

Le jeune homme se força à respirer calmement. Déjà, il se sentait mieux. En quelques mois, il avait appris à se maîtriser, à dominer ses sentiments. D'ailleurs, il n'avait plus de sentiments — seulement des pulsions. De meurtre, de sexe. Des envies de sang. Quand il regardait en arrière, Tahar avait une sensation de vertige. En quelques mois, son existence avait été totalement chamboulée, mise sens dessus dessous. Et pourtant, en surface, rien n'avait bougé. La vie suivait son cours. Il allait se marier, son père le prendrait avec lui pour diriger l'entreprise familiale et l'initier aux combines du bizeness. L'Algérie était en guerre, et après ? Jamais le commerce n'avait aussi bien marché.

La mort, l'horreur, tout çà, c'était des trucs pour la télé. Cela n'empêchait pas les plages d'être envahies par les familles. Ni les terrasses des cafés d'être bondées. Ni les rues de résonner du vacarme des embouteillages. Il en serait toujours ainsi, Tahar en était sûr. C'est pour ça qu'il aimait l'Algérie. On riait pour un rien. On tuait pour pas grand-chose. Et comme c'était facile d'aller de l'un à l'autre ! C'est ce qui le frappait le plus. Un peu de patience, beaucoup de haine, et le tour était joué. La guerre avait bon dos. « Si tu veux te débarrasser de ta femme, pousse-la dans l'escalier. En Algérie, tout le monde sait bien que les escaliers sont islamistes », avait rigolé, un jour, à Mostaganem, un des gars de la classe d'informatique. Les autres s'étaient marrés. Tahar aussi. Cette boutade l'avait marqué.

— La montagne, là-bas, c'est Santa Cruz ?

Surpris, le jeune homme resta un instant sans voix. Il avait oublié Fawzia. Elle l'observait, le sourcil froncé. Son visage ruisselait de sueur. Elle tendit de nouveau la main pour lui désigner la montagne.

— Oui, oui, c'est Santa Cruz, s'empressa-t-il de répondre.

Ils reprirent leur marche, lentement, sans plus se

regarder. Autour d'eux, l'ombre des pins commençait à s'allonger. Ce serait bientôt l'heure du thé. Là haut, dans la maison Benabdallah, les femmes devaient s'agiter autour des fourneaux. Par la pensée, Tahar voyait sa mère en train de préparer les plateaux de *makrouds*. Plusieurs jours après l'histoire d'Alger, elle était venue dans sa chambre et lui avait demandé d'enlever la fameuse bague. Celle de Ghania. Elle ne lui avait pas expliqué pourquoi, mais il avait compris, au son de sa voix, qu'il n'y avait pas à discuter. Il avait obéi sans poser de questions. Longtemps, son auriculaire avait gardé une légère marque blanche. Ghania, elle, avait toujours porté cette bague au majeur. Ses mains étaient si fines ! Elle-même était si fine, et son corps si menu, si léger ! On aurait dit un rossignol.

Tahar s'était raidi. Il transpirait. Pourquoi avait-elle tout souillé ? Pourquoi avait-elle permis à ce porc... Il suffoquait. Il revit le corps de sa sœur, si fragile sous le sien. Il avait frappé longtemps. Le visage d'abord, puis le ventre. Sous ses paupières, un voile rouge s'était abattu. Pourquoi l'avait-elle trahi ? Pour la punir, il avait ôté sa bague. C'était sa faute à elle ! C'est elle qui avait tout foutu en l'air. Ensuite, il y avait eu comme un trou noir. Tahar se rappelait la voix de sa mère, dans la pénombre de sa chambre, du linge frais mouillant son front. Il n'avait jamais su qui avait eu l'idée d'aller jeter le cadavre dans un champ d'oliviers, à la sortie de la ville. L'enquête avait été bouclée en deux jours.

— Tahar ! Ta mère nous appelle...

Il se rendit compte qu'il serrait une pierre dans sa

main. Il la serrait si fort que ses jointures étaient toutes blanches. D'un geste brusque, il lança la pierre au loin, comme on se débarrasse d'une pelure d'orange ou d'un noyau de pêche.

— Tahar !

— Oui, j'ai compris ! lâcha-t-il d'une voix essoufflée.

Il se retourna vers Fawzia. Celle-ci se tenait à quelques mètres de lui, se dandinant d'un pied sur l'autre, les traits tendus.

— Quelque chose ne va pas ?

— Cela fait trois fois que ta mère nous appelle...

Il se mit à rire, soulagé. Debout à l'entrée du potager, la silhouette de sa mère se découpait sur le ciel clair. Elle leur faisait signe.

— On arrive, on arrive, cria Tahar Benabdallah.

Quand ils pénétrèrent dans la cour, toute la famille était déjà installée en cercle, à l'ombre de la vigne. Les hommes d'un côté, les femmes de l'autre. D'un signe de tête, Omar Benabdallah ordonna à son fils de s'asseoir près de lui. Fawzia fit passer le plateau de *makrouds* et servit docilement le thé, en le faisant mousser, selon la tradition. Tahar la remercia d'un battement de paupières. Le parfum de la menthe flottait, lourd et sucré. Le jeune homme approcha le verre de ses lèvres et aspira bruyamment, comme le faisaient ses aînés. Il se sentait tout à fait détendu, à présent.

Quand son cousin lui offrit une cigarette, il la refusa poliment, d'un discret mouvement de la main. Tahar Benabdallah ne fumait jamais devant son père. Le dos calé contre la treille, Fawzia l'observait à la dérobée. Elle aussi, se sentait plus calme. Si elle arrivait à s'entendre avec sa belle-mère, tout irait bien. Son fils n'avait pas l'air méchant. Un peu timide peut-être, et tourmenté. Qui n'a pas ses petits défauts ?

*

Emna Aït Saada souleva le couvercle de la cocotte en fonte où mijotait, dans son lit d'herbes, une pintade dorée à point. À côté, sur la table de la cuisine, la vieille Mina avait recouvert le plat de *rechtas* d'une serviette blanche, afin de garder les pâtes fraîches et tendres pour l'heure du déjeuner. Elle avait aussi préparé, en entrée, des poivrons marinés, une salade d'avocats aux crevettes et une assiette de *boureks*. L'Énorme poussa un soupir de satisfaction. Le repas serait arrosé d'un petit vin de Médéa, gouleyant à souhait, et s'achèverait par une apothéose de gâteaux à haute teneur calorique — *makrouds*, *samsas*, *komidlet*, *zlabia*, etc. La géologue passa dans la salle de séjour pour jeter un dernier coup d'œil à la table où les quatre couverts étaient mis. Hocine et la vieille Nanna arriveraient vers midi et demi. Ils auraient largement le temps de festoyer avant le départ pour l'aéroport.

L'avion de Taoufik s'envolait pour Madrid en fin d'après-midi. Vers dix-sept heures trente, quelque chose comme ça. Emna n'était plus tout à fait sûre de ce que le journaliste lui avait dit quand il avait téléphoné hier au soir, de Tunis. Ce n'était peut-être pas bien prudent de parler comme ils l'avaient fait, en donnant les horaires et tout ? Emna haussa les épaules. Elle n'allait pas se casser la tête avec ce genre de trucs. Tout ça, c'était de l'histoire ancienne ! Si on avait voulu les tuer, on l'aurait déjà fait depuis longtemps. Emna passa à la salle de bains et se donna un coup de peigne. Taoufik et elle s'étaient donné rendez-vous ce samedi, à onze heures et demie du matin, à la Gazelle d'or, un salon de thé du centre ville. Auparavant, Taoufik devait rencontrer Amine. Ce dernier avait insisté pour voir Taoufik — qui n'avait pas osé refuser. « Il veut me donner des adresses à Madrid, c'est quand même gentil de sa part, non ? » Arrivé tôt à Alger, Taoufik Benslimane avait donc filé directement à la Maison de la presse.

— Mina, je te confie la pintade. Le petit Hocine et sa grand-mère doivent arriver vers midi et demi. Si jamais nous n'étions pas encore rentrés, tu les installes. La vieille adore le sirop d'orgeat.

Emna Aït Saada épousseta machinalement son tailleur bleu roi, vérifia qu'elle avait bien ses clés de voiture et sortit en claquant la porte.

La circulation était dense, comme toujours en milieu de journée. La 4L se faufila laborieusement entre les files de voitures. L'Éléphantesque regarda sa montre : elle avait encore dix minutes devant elle. Si le flic du carrefour ne faisait pas trop de zèle, elle serait dans les temps. Le feu venait de passer au rouge. La 4L pila de justesse.

— Hé, madame !

Emna Aït Saada crut d'abord que le gosse voulait nettoyer son pare-brise. C'était devenu la grande mode à Alger, ces hordes d'enfants mendiants, armés de bouts d'éponge. Mais celui-là n'était pas un mendiant. Il lui tendait un papier blanc, plié en quatre. Sans comprendre, la géologue prit la missive. Le gosse disparut aussitôt dans le fleuve immobile des voitures à l'arrêt. « À l'instant où vous lirez ces mots, Taoufik Benslimane aura été tué d'une balle en pleine tête. Quoique vous tentiez, ce sera toujours trop tard ! Et vous... » La Géante lâcha le bout de papier et se rua hors de la voiture. Elle se mit à courir comme elle n'avait jamais couru.

À l'autre bout de la ville, la vieille Nanna se redressa d'un bond. Le petit Hocine la saisit par les poignets. Elle tremblait. Un hurlement d'horreur lui montait lentement aux lèvres.

FIN

Glossaire

AIS : Armée islamique du salut, branche militaire du Front islamique du salut (FIS).

Chahada : profession de foi musulmane.

Chorba : soupe.

Créponé : spécialité oranaise, sorte de sorbet au citron.

Daïra : équivalent d'une sous-préfecture.

Fatma N'Soumeur : grande figure de la résistance à la conquête coloniale française, dans la seconde moitié du XIXe siècle ; elle dirigea notamment l'assaut de la ville de Fort National, en Kabylie.

Gazouze : contraction d'eau gazeuse ; est parfois employé pour désigner, de façon voilée, une boisson alcoolisée.

Ghassoul : terre utilisée pour nettoyer et adoucir la peau.

GIA : Groupes islamiques armés, considérés comme les plus radicaux des groupes armés islamistes.

Haïk : voile féminin traditionnel.

Hidjab : voile islamique.

Hizb França : le Parti de la France.

Hittiste : du mot arabe « hit » (mur), désigne les jeunes oisifs qui passent leur temps adossés aux murs.

La Kahéna : reine berbère qui organisa la résistance à la conquête arabe du Maghreb, au début du VIIIe siècle.

Kamis : tenue des frères musulmans égyptiens, un moment adoptée par les intégristes maghrébins.

Kassaa : grand plat où on roule le couscous.

Kess kess : partie du couscoussier qui sert à cuire la semoule.

Makroud : gâteau maghrébin traditionnel, à base de semoule, de miel et de dattes.
Moudjahidine : pluriel de moudjahid, « combattant de la foi ».
Nanna : grand-mère, diminutif affectueux.
Ninja : surnom donné aux policiers des unités d'élite, dont le visage est camouflé sous une cagoule.
Oualou : rien.
Rechtas : petites pâtes finement roulées à la main.
Roumia : Française, terme péjoratif.
Saha : santé !
Serkadji : ancienne prison Barberousse, à Alger.
Souk El Fellah : magasins d'État.
Taxieur : chauffeur de taxi.
Tchi-tchi : jeunesse dorée.
Zabor : vagin ; terme insultant assez commun.
Zakat : impôt religieux.
Zebda : beurre.

SÉRIE NOIRE

Dernières parutions :

2190. — J'AI DU GÉNIE . . . . *Parnell Hall*
2191. — UN TRIO SANS ESPOIR . . . . *Teri White*
2192. — LA TRAQUE INFERNALE . . . . *Jimmy Sangster*
2193. — ARRÊTEZ LE FOLKLORE ! . . . . *John Douglas*
2194. — ADIOS PESETAS ! . . . . *Jack Barnao*
2195. — C'EST PAS DU JEU ! . . . . *Robert B. Parker*
2196. — POINT DE CHUTES . . . . *J. A. Jance*
2197. — HISTOIRES CHAUDES . . . . *Loren D. Estleman*
2198. — EH BIEN, CHANTEZ MAINTENANT ! . . . . . *Barbara Paul*
2199. — LE CINÉMA DE PAPA . . . . *Jean-Bernard Pouy*
2200. — LA SŒUR DE MINUIT . . . . *Albert Marvin*
2201. — PIERRE DE SANG . . . . *Michaël Allegretto*
2202. — POLO ET SES POULAINS . . . . *Jerry Kennealy*
2203. — LE NOYÉ DE BEVERLY HILLS . . . . *E. V. Cunningham*
2204. — LA VIE EN ROUGE . . . . *Max Allan Collins*
2205. — RASTA BASTA . . . . *John Westermann*
2206. — LE BOUCHER DE CLEVELAND . . . . *Max Allan Collins*
2207. — BONNE CHASSE . . . . *Archer Mayor*
2208. — LES CORBILLARDS REVIENNENT À VIDE . . *Julius A. Lion*
2209. — HISTOIRES POUR RIRE ET POUR PLEURER. *Bill Pronzini*
2210. — HAUTE COUTURE ET BASSES BESOGNES . . *Thomas H. Cook*
2211. — DU PLOMB DANS LA TÊTE . . . . *James N. Frey*
2212. — SCOOP TOUJOURS ! . . . . *Keith Peterson*
2213. — BALLES DE CHARITÉ . . . . *Gérard Delteil*
2214. — ON S'ÉCLATE ? . . . . *Loren D. Estleman*
2215. — LA NUIT DU SOUVENIR . . . . *Joseph Bialot*
2216. — J'AIME LE MAUDIT ! . . . . *Peter Lacey*
2217. — UNE CAROTTE POUR LE BAUDET . . . . . . *Les Roberts*
2218. — TROIS CARRÉS ROUGES SUR FOND NOIR. *Tonino Benacquista*
2219. — SANG POUR SANG. . . . . *Richard Martin Stern*
2220. — VENDETTA EN VENDÉE . . . . *Jacques Syreigeol*
2221. — LA CHASSE AUX MARMOTS . . . . *Richard Harper*
2222. — LE SABRE ET LE VIRUS . . . . *J. A. Jance*
2223. — LE POIDS DES MORTS ! . . . . *Stuart M. Kaminsky*
2224. — PAS DE QUARTIER ! . . . . *James E. Martin*
2225. — ROMPEZ LA GLACE . . . . *Les Roberts*
2226. — MERCENAIRE À TOUT FAIRE . . . . *Ted Wood*
2227. — LA MAFIA NE PASSERA PAS . . . . *Max Allan Collins*
2228. — LE POKER MORTEL . . . . *A. W. Gray*
2229. — LA SOUTANE EN PLOMB . . . . *Loren D. Estleman*
2230. — GARE AUX TONTONS TUEURS ! . . . . *J. P. Hailey*

2231. — LA DOULEUR DES MORTS . . . . *Hervé Le Corre*
2232. — REQUINS D'EAU TROUBLE . . . . *Robert Campbell*
2233. — LE RETOUR DE PERRY MASON . . . . *Thomas Chastain*
2234. — LE FAUBOURG DU CRIME . . . . *Marx Richard Zubro*
2235. — LE PIÈGE AU JARDINET . . . . *Marie & Joseph*
2236. — LE PARADIS DES POULETTES . . . . *Marvin Albert*
2237. — LA COURSE AU SAC . . . . *Max Allan Collins*
2238. — LA RUE DES MAUVAIS ANGES . . . . *Gerald Petievich*
2239. — LE ROYAL BOUGNAT . . . . *Joseph Bialot*
2240. — À CLAQUER DES DENTS . . . . *Marcia Muller*
2241. — NUIT APACHE . . . . *Patrick Mosconi*
2242. — UNE MORT DANS LE DJEBEL . . . . *Jacques Syreigeol*
2243. — AU PLUS NOIR DE L'HIVER . . . . *Michael Allegretto*
2244. — PAS TOUCHE AUX PAPOUS ! . . . . *Riall W. Nolan*
2245. — DRÔLES DE COUPS DE CANIF . . . . *Lawrence Block*
2246. — LA TRAQUE AUX FANTÔMES . . . . *Martin Blank*
2247. — L'HOMME AU MÉGOT . . . . *François Joly*
2248. — TA LANGUE AU CHAT ? . . . . *Karen Kijewski*
2249. — VOUS PARLEZ D'UNE PAROISSE ! . . . . *Hillary Waugh*
2250. — UN TÉMOIN HORS DE PRIX . . . . *Jeffrey Ashford*
2251. — ÇA BROUILLASSE À FRISCO . . . . *Marcia Muller*
2252. — LA CHASSE À LA B.D. . . . . *Ron Goulart*
2253. — L'ŒIL ÉTAIT DANS LA BOMBE . . . . *Mark Schorr*
2254. — DERNIER CARAT . . . . *Les Roberts*
2255. — LA CONFIANCE RÈGNE . . . . *Gérard Delteil*
2256. — LA MENTEUSE EST SANS PITIÉ . . . . *Loren D. Estleman*
2257. — ZAUNE. . . . . *Oppel*
2258. — LE CRÂNE EN FLEUR . . . . *Anne Wingate*
2259. — LES BAGAGES D'ICARE . . . . *Joseph Bialot*
2260. — MIRACLE EN VENDÉE . . . . *Jacques Syreigeol*
2261. — JACKPOT . . . . *Bill Pronzini*
2262. — JE T'ATTENDS AU TOURNANT . . . . *Charles Williams*
2263. — LA COMMEDIA DES RATÉS . . . . *Tonino Benacquista*
2264. — L'HOMME ZIGZAG . . . . *Marvin Albert*
2265. — GARE AUX GAILS . . . . *Michael Geller*
2266. — CIEL NOIR . . . . *Noël Simsolo*
2267. — LA POUPÉE PENDOUILLAIT . . . . *Robert B. Parker*
2268. — LE DIABLE EN ROBE BLEUE . . . . *Walter Mosley*
2269. — HISTOIRES DE FEMMES . . . . *Julius A. Lion*
2270. — UN FRAGMENT D'AGONIE . . . . *James E. Martin*
2271. — LA MORT PRÉFÈRE LES BLONDES . . . . . . *Anne Wingate*
2272. — PERRY MASSON PERSISTE ET SIGNE . . . . . *Thomas Chastain*
2273. — LES ANGES MEURENT AUSSI . . . . *Alain Bellet & Frédéric Larsen*
2274. — FUGUE EN TUEUR MAJEUR . . . . *Teri White*
2275. — LES VOYAGES DE NICK POLO . . . . *Jerry Kennealy*

2276. — VENEZ VOIR LES CADAVRES, MESDAMES. *Marie & Joseph*
2277. — LA PEAU DU VENTRILOQUE . . . . *Ron Goulart*
2278. — FANTASIA À L'OPÉRA . . . . *Stuart M. Kaminsky*
2279. — LA FOURMI QUI ABOIE . . . . *Charles West*
2280. — UNE BONNE ANNÉE POUR LES ROSES . . . . *Mark Timlin*
2281. — ET RODRIGUEZ, ALORS ? . . . . *Bill Albert*
2282. — L'ARGENT DU TURC . . . . *Arthur Lyons*
2283. — LA POUPÉE QUI TUE . . . . *John Lutz*
2284. — LE CHERCHEUR D'OR DORT . . . . *Douglas McBriarty*
2285. — LE SERPENT À PÉTROLE . . . . *Les Roberts*
2286. — CASSEZ PAS LA CASSETTE ! . . . . *Albert DiBartolomeo*
2287. — PIRAÑA MATADOR . . . . *Oppel*
2288. — COSMIX BANDITOS . . . . *A. C. Weisbecker*
2289. — UN TICKET POUR LA MORGUE . . . . *Lawrence Block*
2290. — LA BELLE DE FONTENAY . . . . *Jean-Bernard Pouy*
2291. — LA GRENOUILLE AUX PATTES D'OR . . . . . *Jonathan Fast*
2292. — UN PASSÉ PAS SI SIMPLE . . . . *Robert B. Parker*
2293. — LE BOUCHER DE CHICAGO . . . . *Robert Bloch*
2294. — CONFIDENCES SUR L'ESCALIER . . . . *Pascale Fonteneau*
2295. — FAUSSE BALLE . . . . *Paul Benjamin*
2296. — VALDEZ EST ARRIVÉ ! . . . . *Elmore Leonard*
2297. — NEC . . . . *Daniel Picouly*
2298. — ARIZONA KISS . . . . *Ray Ring*
2299. — LES RUES DE FEU . . . . *Thomas H. Cook*
2300. — TOUT FOUT LE CAMP . . . . *Bill Pronzini*
2301. — UN DÉMON AU PARADIS . . . . *Marvin Albert*
2302. — COMME DE LA PESTE . . . . *Pierre Léon*
2303. — UN TROP PLEIN DE CIEL . . . . *Robert Sims Reid*
2304. — LA REINE D'AMÉRIQUE . . . . *Russell H. Greenan*
2305. — LE MAL DU DOUBLE-BANG . . . . *Laurent Fétis*
2306. — AU COCHON AVEUGLE . . . . *Jon A. Jackson*
2307. — PORTRAIT DE FAMILLE . . . . *James Colbert*
2308. — CAVALE . . . . *Eva David*
2309. — SUR LA LIGNE BLANCHE . . . . *José-Louis Bocquet*
2310. — UNE DANSE AUX ABATTOIRS . . . . *Lawrence Block*
2311. — LE SYNDROME DU VOLCAN . . . . *Gérard Lecas*
2312. — IMPLANTS D'ENFER . . . . *Tony Kenrick*
2313. — LES ORPAILLEURS . . . . *Thierry Jonquet*
2314. — VICKI . . . . *Steve Fisher*
2315. — UNE POIRE POUR LA SOIF . . . . *James Ross*
2316. — LA PORTE DE DERRIÈRE . . . . *Marc Villard*
2317. — GAME OVER . . . . *Freddie Lafargue*
2318. — FOLIES DOUCES . . . . *Richard Matas*
2319. — VOMITO NEGRO . . . . *Jean-Gérard Imbar*
2320. — LES HABITS D'OMBRE . . . . *Cesare Battisti*
2321. — CUPIDE . . . . *Robert Sims Reid*

2322. — LE COUP DU GITAN — *Gustave Harford*
2323. — SWEETWATER RANCH — *Geoffrey Norman*
2324. — UNE PAIRE DE DEUX — *Robert B. Parker*
2325. — ÉTATS DE LAME — *Pascale Fonteneau*
2326. — LA SIRÈNE ROUGE — *Maurice G. Dantec*
2327. — DU SABLE DANS LA BOUCHE — *Hervé Le Corre*
2328. — CHIEN-FROID — *Laurent Fétis*
2329. — LA PROIE DE L'ARAIGNÉE — *Robert Bloch*
2330. — SANGLANTES CONFIDENCES — *John Gregory Dunne*
2331. — IL Y A DES JOURS COMME ÇA — *Jack Ritchie*
2332. — L'ENFANT DE CŒUR — *Olivier Thiébaut*
2333. — MANUEL DES PERDANTS — *Juan Sasturain*
2334. — LE VENT DES FOUS — *Franck Pavloff*
2335. — PAS DE KADDISH POUR SYLBERSTEIN — *Konop*
2336. — TRUANDS AND CO — *Donald Goines*
2337. — LE CHIEN QUI CHANTE — *James McClure*
2338. — UNE VALSE AU TEXAS — *Max Crawford*
2339. — LE JEU DU PETIT POUCET — *Jacques Mondoloni*
2340. — CORVETTE DE NUIT — *Marc Villard*
2341. — LES CHAPACANS — *Michèle Courbou*
2342. — L'ANGE ET LE RÉSERVOIR DE LIQUIDE À FREINS — *Alix de Saint-André*
2343. — QUITTER KAT — *Karen Kijewski*
2344. — MEURTRES POUR DE VRAI — *Marc Gerald*
2345. — TIR À VUE — *Serge Quadruppani*
2346. — LES LARMES DU CHEF — *Daniel Picouly*
2347. — RETOUR DE BÂTON — *A. B. Guthrie*
2348. — DERNIÈRE STATION AVANT JÉRUSALEM — *Alain Demouzon*
2349. — POINT MORT — *José-Louis Bocquet*
2350. — LES GUERRIERS DE L'ENFER — *Robert Stone*
2351. — MOURIR APRÈS LA GUERRE — *Max Allan Collins*
2352. — LA GRANDE MAGOUILLE DE 1944 — *Andrew Bergman*
2353. — LE PENSEUR DE VALLORBE — *Eliane K. Arav*
2354. — LE PENDU D'HOLLYWOOD — *Andrew Bergman*
2355. — ŒDIPE-ROI
2356. — TRÈS PRIVÉ — *Alexandre Valletti*
2357. — COUP DE CHAUD — *Philip Lee Williams*
2358. — LE PONT DE MOSCOU — *Pierre Léon*
2359. — LA FOIRE AUX SERPENTS — *Harry Crews*
2360. — PROTHÈSE — *Andreu Martin*
2361. — LA DANSE DE L'OURS — *James Crumley*
2362. — VENDEURS DE MORT — *Donald Goines*
2363. — J'ÉPOUSERAI PLUTÔT LA MORT — *Frédéric Castaing*
2364. — LA VIE DE MA MÈRE ! — *Thierry Jonquet*
2365. — GANGRAINE — *Elizabeth Stromme*

2366. — HAMMETT . . . . *Joe Gores*
2367. — PARCOURS FLÉCHÉ . . . . *Jean-Pierre Bastid*
2368. — CIRQUE À PICCADILLY . . . . *Don Winslow*
2369. — L'OMBRE ROUGE . . . . *Cesare Battisti*
2370. — TOTAL KHÉOPS . . . . *Jean-Claude Izzo*
2371. — LA FACE CACHÉE DE LA LUNE . . . . *Georgui Vaïner et Leonid Slovine*
2372. — HISTOIRE DE LA FEMME QUI AVAIT ÉPOUSÉ UN OURS BRUN . . . . *John Straley*
2373. — PÉRICLÈS LE NOIR . . . . *Peppe Ferrandino*
2374. — LES FILS PERDUS DE SYLVIE DERIJKE . . . . *Pascale Fonteneau*
2375. — INNOCENT X . . . . *Laurent Fétis*
2376. — JE M'APPELLE REVIENS . . . . *Alexandre Dumal*
2377. — RN 86 . . . . *Jean-Bernard Pouy*
2378. — LE MIROIR AUX ALLUMÉS . . . . *Jacques Humbert*
2379. — LES RACINES DU MAL . . . . *Maurice G. Dantec*
2380. — LE COCHON QUI FUME . . . . *James McClure*
2381. — LA PELOUZE . . . . *M. A. Pellerin*
2382. — UNE PETITE DOUCEUR MEURTRIÈRE . . . . . *Nadine Monfils*
2383. — LE PAYS DE DIEU . . . . *Ray Ring*
2384. — J'AI CONNU FERNANDO MOSQUITO . . . . . *Rique Queijão*
2385. — M'SIEUR . . . . *Alain Gagnol*
2386. — PIQUÉ SUR LA ROUGE . . . . *Gregorio Manzur*
2387. — COMME VOUS ET MOI . . . . *Seymour Shubin*
2388. — MARILYN LA DINGUE . . . . *Jerome Charyn*
2389. — ZYEUX-BLEUS . . . . *Jerome Charyn*
2390. — KERMESSE À MANHATTAN . . . . *Jerome Charyn*
2391. — 1275 ÂMES . . . . *Jim Thompson*
2392. — N'Y METTEZ PAS LE DOIGT . . . . *Christopher Wilkins*
2393. — LES TROTTOIRS DE BELGRANO . . . . *Pierre-Alain Mesplède*
2394. — COMMENT JE ME SUIS NOYÉ . . . . *Serge Quadruppani*
2395. — SURF CITY . . . . *Kem Nunn*
2396. — LE CHANTEUR DE GOSPEL . . . . *Harry Crews*
2397. — MÉMOIRE EN CAGE . . . . *Thierry Jonquet*
2398. — MA CHÈRE BÉA . . . . *Jean-Paul Nozière*
2399. — DAME QUI PIQUE . . . . *Craig Smith*
2400. — FREE . . . . *Todd Komarnicki*
2401. — NADINE MOUQUE . . . . *Hervé Prudon*
2402. — LE SANG DU DRAGON . . . . *Christian Gernigon*
2403. — LE VOLEUR QUI AIMAIT MONDRIAN . . . . . *Lawrence Block*
2404. — DU SABLE DANS LES GODASSES . . . . *Juan Sasturain*
2405. — CITÉS DE LA PEUR . . . . *Collectif*
2406. — BÉNÉDICTION . . . . *Robert Sims Reid*
2407. — LA FENÊTRE OBSCURE . . . . *James Durham*
2408. — GROOTKA . . . . *Jon A. Jackson*
2409. — LE TRUC . . . . *Mat Messager*

2410. — LES MORTES . . . . *Jorge Ibargüengoitia*
2411. — LA REVANCHE DE LA COLLINE . . . . *Hervé Prudon*
2412. — LA NUIT DE ST.- PAULI . . . . *Frank Göhre*
2413. — AGENCE BLACK BAFOUSSA . . . . *Achille F. Ngoye*
2414. — KARMANN BLUES . . . . *José-Louis Bocquet*
2415. — LOUBARD ET PÉCUCHET . . . . *Michel Lebrun*
2416. — LE MIROIR DE BOUDDHA . . . . *Don Winslow*
2417. — LE TANGO DU MAL-AIMÉ . . . . *Sergio Sinay*
2418. — VINYLE RONDELLE NE FAIT PAS LE PRINTEMPS . . . . *Hervé Prudon*
2419. — L'EFFET TEQUILA . . . . *Rolo Diez*
2420. — TRAHISON FRATERNELLE . . . . *James Colbert*
2421. — LE MANGEUR D'ORCHIDÉES . . . . *Marc Laidlaw*
2422. — CHOURMO . . . . *Jean-Claude Izzo*
2423. — HOMICIDE À BON MARCHÉ . . . . *Alain Wagneur*
2424. — KATAPULT . . . . *Karen Kijewski*
2425. — LE FLIC À LA CHENILLE . . . . *James McClure*
2426. — ÇA VA ? ÇA VA. . . . . *Frédéric Castaing*
2427. — LA CAVALE DE KENYATTA . . . . *Donald Goines*
2428. — LOTERIE EN NOIR ET BLANC . . . . *Max Allan Collins*
2429. — LE PRODUIT D'ORIGINE . . . . *A. B. Guthrie Jr.*
2430. — BLOCUS SOLUS . . . . *Bertrand Delcour*
2431. — NOTRE-DAME DES NÈGRES . . . . *Jean-Pierre Bastid*
2432. — BUENA ONDA . . . . *Cesare Battisti*
2433. — DIVORCE, JACK ! . . . . *Colin Bateman*
2434. — LA BOURDE . . . . *Marc Alfred Pellerin*
2435. — TIURAÏ . . . . *Patrick Pécherot*
2436. — JÉSUS AUX ENFERS . . . . *Andreu Martin*
2437. — LA RELIGION DES RATÉS . . . . *Nick Tosches*
2438. — LE PROGRAMME E. D. D. I. . . . . *Serge Preuss*
2439. — LES EFFARÉS . . . . *Hervé Le Corre*
2440. — RÊVES PÈLERINS . . . . *Ray Ring*
2441. — PHALANGE ARMÉE . . . . *Carlo Lucarelli*
2442. — LES TREIZE MORTS D'ALBERT AYLER . . . . *Collectif*
2443. — VOUS PRENDREZ BIEN UNE BIÈRE ? . . . . . *Joseph Bialot*
2444. — LES LUMIÈRES DE FRIGO . . . . *Alain Gagnol*
2445. — AMIGO . . . . *Lars Becker*
2446. — NEVERMORE . . . . *William Hjortsberg*
2447. — SUEURS CHAUDES . . . . *Sylvie Granotier*
2448. — LES CURIEUX S'EN MORDENT LES DOIGTS. *John Straley*
2449. — LA CRÊTE DES FOUS . . . . *Jamie Harrison*
2450. — CET AMOUR QUI TUE . . . . *Ronald Levitsky*
2451. — PUZZLE . . . . *Laurent Fétis*
2452. — L'HOMME QUI ACHETA RIO . . . . *Aguinaldo Silva*
2453. — SIX KEY CUT . . . . *Max Crawford*
2454. — LE LIQUIDATEUR . . . . *Jon A. Jackson*

2455. — ZONE MORTUAIRE . . . . *Kelt & Ricardo Montserrat*
2456. — QUE D'OS ! . . . . *Jean-Patrick Manchette*
2457. — TARZAN MALADE . . . . *Hervé Prudon*
2458. — OTTO . . . . *Pascale Fonteneau*
2459. — UN PAYS DE RÊVE . . . . *Newton Thornburg*
2460. — LE CHIEN QUI VENDAIT DES CHAUSSURES . *George P. Pelecanos*
2461. — LE TUEUR DU CINQ DU MOIS . . . . *Max Genève*
2462. — POULET CASHER . . . . *Konop*
2463. — LE CHARLATAN . . . . *W. L. Gresham*
2464. — TCHAO PAPA . . . . *Juan Damonte*
2465. — NOTES DE SANG . . . . *François Joly*
2466. — ISAAC LE MYSTÉRIEUX . . . . *Jerome Charyn*
2467. — LA NUIT DU CHASSEUR . . . . *Davis Grubb*
2468. — LA BALLADE DES PENDUS . . . . *Steven Womack*
2469. — TUEZ UN SALAUD ! . . . . *Colonel Durruti*
2470. — BERLIN L'ENCHANTEUR . . . . *Colonel Durruti*
2471. — TREIZE RESTE RAIDE . . . . *René Merle*
2472. — LE VEILLEUR . . . . *James Preston Girard*
2473. — LE SALTIMBANQUE . . . . *Julien Sarfati*
2474. — LA CRYPTE . . . . *Roger Facon*
2475. — DIALOGUES DE MORTS . . . . *Philippe Isard*
2476. — LE CHENIL DES FLICS PERDUS . . . . *Philippe Isard*
2477. — CHAPEAU ! . . . . *Michèle Rozenfarb*
2478. — L'ANARCHISTE DE CHICAGO . . . . *Jürgen Alberts*
2479. — BROUILLARD SUR MANNHEIM . . . . *B. Schlink et W. Popp*
2480. — HARJUNPÄÄ ET LE FILS DU POLICIER . . . . *Matti Yrjänä Joensuu*
2481. — PITBULL . . . . *Pierre Bourgeade*
2482. — LE JOUR DU LOUP . . . . *Carlo Lucarelli*
2483. — CUL-DE-SAC . . . . *Douglas Kennedy*
2484. — BRANLE-BAS AU 87 . . . . *Ed Mc Bain*

Composition Nord Compo, Lille.
Reproduit et achevé d'imprimer sur Roto-Page
par l'Imprimerie Floch à Mayenne
le 23 janvier 1998.
Dépôt légal : janvier 1998.
Numéro d'imprimeur : 42986.
ISBN 2-07-049798-4 / Imprimé en France.

84501